어떻게든 완성시켜드립니다

complete

어떻게든
완성시켜드립니다

도나 바커 지음 • 이한이 옮김

위즈덤하우스

2017년 11월, '북온파이어' 베타 테스트에 참가해준
97명의 작가에게 이 책을 바칩니다.
가상 커뮤니티에서도 진짜 우정을 키워나갈 수 있다는
사실을 알려준 그대들에게.

그리고 내가 자신보다 이 원고의 뮤즈와 더 많은 시간을
보내게 해준 데이브에게.

많은 작가가 어려서부터 작가의 꿈을 꾸었다고 한다. 하지만 나는 그렇지 않았다. 오히려 작가가 된 건 내 의지와는 무관했다. 사실 나는 이야기를 만드는 일에서 제작 부분을 좋아했다. 고교 시절에는 학생 연감을 편집했고, 대학 시절에는 학보사 제작 관리를 담당했으며, 대학에서는 커뮤니케이션을 전공했고, 영화 제작 및 편집에 관심이 많았다. 프로젝트 관리자로서 직장 생활을 하다가 어느 순간 나도 몰랐던 작문 실력이 드러났는데, 어느 날 정신을 차려 보니 과학 분야 고스트라이터로 일을 하고 있었다.

나는 마흔 살이 될 때까지 책을 쓰고 싶다는 생각을 한 적이 없다. 또한 10년 넘게 작가라고 불렸기에 내가 하고 싶은 이야기를 쓰는 게 어렵지 않으리라고 생각했다.

　오산이었다.

　2014년에 나는 비전 찾기 자기계발 워크숍에 갔다. 그곳에서 한 일 중 하나는 자신의 핵심 열망을 표현하는 단어를 찾는 것이었다. 그때 내 마음에 떠오른 단어, 그 이후 5년이 넘도록 내 마음에서 떨어지지 않은 단어는 워크숍에서 준 예시 단어 목록에는 없었다. 바로 '번지 점프'라는 단어였다. 내게 번지 점프란 행복한 장소를 의미한다. 이 이미지는 실제 번지 점프와는 전혀 상관없다. 번지 점프란 단어는 내게 지상에 안착했을 때 느끼는 안도감과, 동시에 자유롭게 날아올라 세상 속으로 뛰어드는 느낌을 준다. 그러면서도 나는 마음에 들지 않으면 언제든 집으로 돌아갈 수 있다는 사실을 안다.

　나는 이 같은 핵심 열망과 느낌을 안내자로 삼아 이 책을 썼다. 아무 곳이나 재미있어 보이는 부분을 읽고, 거기에서 마음에 와닿는 내용이 있다면, 그 내용을 따라서 실천하고, 어떤 기분이 느껴지는지 살펴보라. 이를테면 앞의 두 장을 읽어보고, 뒷부분에서 어떤 내용을 다룰지 전체적인 그림을 생각해볼 수도 있다. 이 책의 한 쪽 한 쪽을 타로 카드처럼 무작위로 넘겨 보아도 괜찮고, 3장에서 12장으로 훌쩍 뛰어넘어 읽어도 무방하다.

　각 장 말미에는 풀기 제법 어려운 연습 문제가 제시되어 있다. 행동을 변화시키고 목표로 나아가기 위해서는 그저 책을 읽기만 해서는 안 된다. 답을 찾고 싶어서 이 책을 구매했다면, 미안하다. 이 책에는 여러분이 스스로 답을 찾도록 이끌어줄 몇 가지 질문만 있다. 실제로 글을 써야 하는 사람은 여러분이다. 낚인 것 같다고? 나도 안다.

　마지막으로 각 장 말미의 연습 문제는 손으로 직접 써보라고 권하고 싶다.

☑ CONTENTS

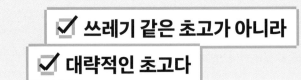

☑ 쓰레기 같은 초고가 아니라

☑ 대략적인 초고다

☑ 01

"완벽주의는 압제자의 목소리이며, 인류의 적이다. 완벽주의는 우리 자신을 가두고, 인생 전체를 불안정하게 만든다. 무엇보다 초고를 쓰는 데 가장 큰 걸림돌이다."

_ 앤 라모트 Anne Lamott

작가란 모두 자신이 하고 싶은 이야기의 아이디어들이 하나의 장면으로 아름답게 직조되고 유기적으로 연결되어 생생하게 살아 움직이는 모습을 볼 수 있다. 우리에게는 천재적인 아이디어들이 가득하고, 머릿속에서 떠도는 문장들은 시적이기 이를 데 없으며, 명확한 모습을 갖추고 있다. 우리가 세상에 전하고 싶은 이야기는 독수리가 바람을 타고 활강하듯, 아무 힘 들이지 않고 손가락에서 흘러나온다. 단, 우리 머릿속에서만 그렇다.

이제 우리는 아이디어를, 문장을 글로 옮기는 데 착수한다. 이 일은 힘에 부친다. 몇 달, 혹은 몇 년 동안 머릿속에서 자기가 먼저 조잘대던 이야기는 어두운 구석으로 몸을 숨기고 모습을 드러내지 않는다. 아무리 애원하고 달래도, 글을 다 쓰기만 하면 엄청난 보상이 있을 거라고 재차 다짐해도 말이다.

그렇다. 대부분의 사람들이 몇 쪽은 쓴다. 몇몇은 노트 몇 쪽을 쓸 것이고, 몇몇은 완성된 장면 몇 개, 혹은 몇 챕터쯤 쓸 것이다. 우리는 글을 쓰고, 글이 진척되면 기분이 좋아진다. 그 문장들을 비판적인 눈으로 읽기 직전까지는 그렇다. 슬프게도 처음 글을 쓰는 작가들은 여기에서 글쓰기를 그만둔다.

2002년, 《뉴욕 타임스》 기사에 어떤 연구 하나가 언급되었다. 그 연구에 따르면 미국인의 81퍼센트가 '마음속에 쓰고 싶은 책 한 권을 품고 있다'. 2019년의 자료에 따르면, 미국의 ISBN(국제표준도서번호) 등록청인 보커Bowker가 ISBN을 토대로 파악한 2017년의 상업용 자비 출판 및 전자책의 종수는 100만 종이 넘는다.

너무 많은 것 아닌가 싶지만 웬걸, 그 수는 점점 더 늘고 있다. 2017년 미국의 인구는 3억 2570만 명으로, 단순히 산술적으로 계산하면 미국인 325명당 1명이 책을 펴냈다는 말이다. 1000명당 3명꼴인데, 쓰고 싶은 책이 있다고 말하는 사람은 1000명당 810명이다.

물론 이 같은 계산은 네 가지 이유에서 엄청나게 오류가 있다.

첫째, 2016년에 자신의 버킷리스트에서 '책 쓰기' 목표를 지워버린 사람들이 존재한다. 이런 일은 2000년에도, 1967년에도 있었고, 또 2020년에도, 그 이후에도 계속 발생할 것이다.

둘째, 앞서 언급한 ISBN 100만 개는 오직 자비 출판물만 파악한 것이다. 출판사들 역시 ISBN을 발행하며, 따라서 2017년 출판물의 종수는 100만이 아니라 150만 종에 가까울 것이다.

셋째, ISBN은 똑같은 내용의 책이라고 해도 개정판, 전자책, 오디오북, 염가판, 양장판 등 형태가 달라질 때마다 발급받아야 한다.

넷째, 한 권 이상의 책을 펴낸 저자가 몇이나 되는지에 관한 변수는 알려져 있지 않다. 중편 소설이나 '짧은 읽을거리'가 유행함에 따라, 크게 땀 흘리지 않고 1년에 십수 권씩 소책자를 펴내는 작가도 많다.

마음속에 책 한 권을 품은 사람 중 몇 사람이나 실제로 그 책을 써내는지 정확히 추산하기는 불가능하지만, 한 가지는 정확히 말할 수 있다. 전 세계의 작가를 꿈꾸는 사람들 중 수백만 명은 절대로 책을 출판하지 못한다.

글을 쓰는 사람들이 책을 펴내도록 도와주는 책들은 세상에 널려 있다. 그중 대다수는 글쓰기 기술 혹은 전업(이라고 쓰고 '돈벌이가 되는'이라고 읽는다) 작가 비즈니스에 초점을 맞추고 있다. 편집할 수 있는, 읽을 만한 초고를 완성하기 '전'의 단계에 초점을 맞추는 책은 극히 드물다.

내가 접했던 작가의 마인드셋에 대해 조언하는 책이나 강좌 들은 모두 작가 지망생에게 부정적인 생각이 어디에서 오는지 확인하고 그 생각을 가라앉히는 연습을 시키는 데 초점이 맞춰져 있다. 그러면서 이 같은 글쓰기의 악마들을 차근차근 정복해나가는 과정을 쉬운 일로 생각하게 만든다.

혹시나 해서 말하지만 나는 이런 책의 힘을 무시하는 것도, 내가 작가로서, 코치로서, 강좌 기획자로서 그런 책들을 많이 참고한다는 사실을 부정하는 것도 아니다. 하지만 때로 그것만으로는 글을 '완성'시킬 수 없다.

나는 무엇이 중요한 목표 달성을 방해하는지 알아보는 데 착수했다. 이건 내가 "왜?"라는 질문을 좋아하는 인간이라서일 수도, 혹은 자료 조사를 핑계로(생산적이기까지 하다) 집필을 미루는 유형의 인간이라서일 수도 있다. 나는 우리가 책을 쓴다는 목표에서 벗어나 저 위대한 넷플릭스를 켤 때 우리 뇌에서 실제로 어떤 일이 일어나는지 알고 싶어서 사회학에서부터 신경과학에 이르는 분야까지 조사했다.

좋은 소식은 내가 배운 바로는 대략적인 초고를 완성하는 데 필요한 건 모두 자기 안에 있다는 것이다. 이 책을 당신의 글이 숨어 있는 어두컴컴한 모퉁이를 비춰주는 불빛이라고 생각하라. 또한 단어가 뇌에서 손가락으로 전달되어 초고가 완성되도록 도울 도구들을 여러분의 손에 쥐여줄 수 있는 연습 문제를 만들었다. 초고는 문법도 엉망이고 오타투성이라도 상관없다. 편집을 통해 동창회에서 자랑할 만한 번듯한 책으로 만들 수 있다.

다만 당신의 이야기가 숨어 있는 먼지 쌓인 작은 방의 문을 열기 전에, 이 책의 원래 제목과, 자신이 쓰는 글을 어떤 단어로 표현하는지, 그 언어의 영향력에 대해 먼저 한마디하고 싶다.

여러분이 지금 읽는 이 책의 초고에는 '쓰레기 같은 초고'라는 제목이 붙어 있었다. 고전이 된 앤 라모트의 글쓰기 책 《쓰기의 감각》

에 나오는 조언을 기린 제목이었다. 게다가 '쓰레기 같은 초고'라는 표현은 초고를 쓰는 작가들 사이에서는 이미 널리 통용되는 별칭이었기에 썩 괜찮은 제목으로 보였다. 하지만 원고를 조금 더 쓰자 이 표현을 제목으로 쓰면 핵심 메시지를 해치게 되리라는 점을 깨닫게 되었다.

아무리 대강 쓰였어도, 초고를 썼다는 것은 그 자체로 기념할 만한 일이다. '쓰레기 같은'이라는 표현은 그 의도를 제대로 전달하지 못한다.

> "완벽주의는 압제자의 목소리이며, 인류의 적이다. 완벽주의는 우리 자신을 가두고, 인생 전체를 불안정하게 만든다. 무엇보다 초고를 쓰는 데 가장 큰 걸림돌이다."
>
> _앤 라모트

나는 어째서 앤 라모트가 우리에게 초고란 쓰레기 같은 법이라고 말했는지 이해한다. 이 같은 표현은 우리가 글을 쓸 때 무엇에도 속박되지 않게 해준다. 나 역시 수년 동안 내 원고를 묘사할 때 그녀의 표현을 빌려 썼다. 하지만 내 글을 쓰레기 같다고 지칭하면서 대단히 좋은 기분은 아니었다. 그 표현으로 인해 내가 쓰레기 같은 작가라고 느끼게 만드는 조그마한 목소리가 내 안에서 들려왔기 때문이다. 저건 앤 라모트니까 가능한 표현이었다. 그녀는 책을 쓰는 일에 대해 나보다 훨씬 많이 알았으니까. 그런데 나는 그 표현을 계속 사용했고, 심지어 내가 코칭하는 사람들의 초고를 보고도 그렇게 표현했다(맙소사!).

어느 날 내가 코칭을 하는 작가 지망생 한 사람이 그 표현에 반발할 때까지 그랬다. 영어가 제2외국어였던 그녀는 그 표현을 문자 그대로 해석하여 내가 그녀의 초고를 쓰레기통에 버리라고 말했다고 이해한 것이다.

물론 앤 라모트는 이런 식으로 해석하라고 '쓰레기 같은 초고'라고 표현한 것이 아니다. 하지만 나는 우리 작가들이 더 잘할 수 있다고 믿는다. 우리가 단어를 문자 그대로 해석하는 내면의 부정적인 비평가에게 목소리를 내주지 않고 완벽주의라는 압제자를 타도할 수 있다고 믿는다.

어떤 단어를 사용하는지는 매우 중요한 문제다

작가로서 우리는 어떤 단어를 사용하는지가 얼마나 중요한지 안다. 이를테면 주인공이 부당한 상사를 만났을 때, 어떤 식으로 그 장면을 묘사하느냐에 따라 독자들은 주인공이 어떤 사람인지 이해할 수 있다. '경쟁심이 강하다', '강압적이다', '안하무인이다'라는 표현은 '공격성이 있다'와 동의어로 취급되는데, 여주인공의 캐릭터를 표현할 때는 각각 살짝 다르게 사용된다.

이렇듯 초고(혹은 10번째 수정고)를 작업하는 도중 우리가 묘사를 위해 선택하는 단어는 중요하다. 어쩌면 여러분도 무의식적으로 알고 있을 것이다.

이 같은 사실이 어째서 작가 지망생인 여러분에게 중요한 걸까? 자신의 초고를 '쓰레기'라고 부르면서 즐거워할 작가 지망생에게 말이다. 우리의 언어와 사고는 서로 결부되어 있다. 자구 선택의 극히 미묘한 차이가 사물을 생각하고 경험을 기억하는 방식에 깊은 영향을 미칠 수 있다.

그래서 자신의 초고를 '쓰레기'라고 지칭한다면, 우리는 자신이 작업 중인 대상을 부정적으로 판단하게 되며, 이는 초고 작업 과정을 기억하는 방식에 영향을 끼치게 된다.

정말로 자신의 초고를 '쓰레기' 같다고 이미지화하고 느끼고 싶은가?

나는 그러고 싶지 않다. 여러분도 그러리라고 생각한다.

쓰레기 같은 초고?
처음 요리한 쓰레기 같은 미트볼?

목도리를 뜬다든지, 미트볼을 요리한다든지 등 뭔가를 처음 할 때 우리는 시간을 들이고, 연습을 하고, 보완해나가면 더 잘하게 되리라는 걸 안다.

우리는 처음으로 한 시도에서 최고의 결과를 낼 수 없음을 안다. 뜨개질이든 요리든, 처음 만든 것은 욕을 먹기 마련이고, 처음 한 시도가 전부라고 받아들이는 사람은 없다. 그리고 많은 작가가 창작 과정에서 불가피한 단계인듯 쓰레기 같은 초고를 의기양양하게 내보인다.

- 자신의 작업물을 쓰레기 같다고 말할 때, 우리는 과연 자신의 작업 과정을 어떻게 판단하고 있는 걸까?
- 작가로서 자신을 어떻게 판단하고 있는 걸까?
- 마침내 책을 다 쓰고 난 뒤 초고를 썼을 당시에 어떤 기분이었는지 떠올릴 때, 그 불쾌한 기분을 다시 느끼고 싶은가?

사고의 틀을 바꾸면 차이가 생겨난다

'초고'라는 개념에 어떤 가치가 담겨 있는 건 아니다. 초고는 좋은 것도, 나쁜 것도 아니다. 그냥 초고일 뿐이다. 하지만 완벽주의라는 악마를 물리치려면, 초고에 대해 부정적으로 표현하는 편이 낫다.

- 초고가 불완전하다는 사실을 묘사할 완벽한 단어를 찾아라. 단, 초고 자체는 물론 작가로서 자신을 존중하는 단어여야 한다.

• 이렇게 하면 초고를 완성하기가 얼마나 수월해질까?

　나는 내가 운영 중인 커뮤니티와 공동으로 주최하는 워크숍에서 이 두 가지 사항을 시험해보았다. 그 전에 내가 생각하는 방식과 내가 집필 중인 논픽션 원고를 묘사하는 방식을 바꾸었다. 나는 '대략적인', '거친' 초고라는 표현을 떠올렸다. 이 표현은 내게 굉장히 좋은 기분을 주었다. 여러분에게는 썩 와닿지 않는 표현일 수도 있지만, '대략적인', '거친'이라는 단어는 내게 긍정적인 이미지를 떠올리게 한다.

　'대략적이고 거친 초고'라는 표현은 전도유망함, 전투, 열정의 느낌을 준다. 집필 중인 원고에는 이런 느낌이 필요하다. 쓰레기통 이미지는 필요 없다. 나는 궁지에 몰린 강아지가 적을 향해 이를 드러내며 으르렁거리고 튀어나올 준비를 하는 이미지를 원한다. 이는 내 책의 주제, 작가로서 내 성격에 딱 맞는다.

　마술을 부려 변신할 수 있는 주인공으로 청소년 소설을 쓰는 작가가 있다고 하자. 그녀가 자신의 초고를 '마법과 같은 초고'라고 부른다고 해보자. 이것이 이야기가 벌어지는 무대에 대해 무엇을 시사하는지 생각해보자. 마법은 변신을 가능케 하며, 세상을 가능성 있는 무대, 이따금 마술과 같고, 나아가 불꽃이 튀게 하는 곳으로 만든다. 또한 주인공이 변신할 수 있는 인물이기에, 이는 (적어도) 초고와 완고가 마술처럼 완전히 탈바꿈할 수 있으리라는 기분을 느끼게 해준다.

내 워크숍에 참가했던 한 회고록 작가는 자신이 작업 중인 초고를 '신의 있는 초고'라고 불렀다. 한 그림책 작가는 자신의 초고를 '어린애처럼 유치한 초고'라고 불렀고, 사설탐정에 관한 중편 소설을 집필 중인 작가는 자기 이야기에 '상남자 초고'라고 부르며 강인함을 부여했다.

또 어떤 작가는 자신의 초고를 '고집스러운 이야기'라고 불렀는데, 그녀가 10년 넘게 그 이야기를 쓰다 말다 하는 중이었기 때문이다. 그녀는 '엉망진창인'에서부터 '고집스러운'에 이르기까지의 표현을 생각하면서 이렇게 말했다.

> "이제는 완성할 때까지 내게서 떨어지지 않을 이야기를 책으로 쓰는 것이 시간 낭비일 수도 있다는 기분이 아니라, 긍정적인 기분으로 글을 쓰게 해주는 표현을 생각하게 되었다."

앤 라모트는 초고를 완벽하게 써내야 한다는 정서적 걸림돌을 치워버리려고 '쓰레기 같은'이라는 단어를 사용했다. 그럼으로써 그녀는 수많은, 어쩌면 수백만 명의 작가에게 창작 과정을 건강하게 만드는 새로운 문을 열어주었다. 하지만 그 표현은 '어떤 사람들'에게는 새로운 걸림돌이 될 수 있다.

• 1단계 | 초고를 묘사하는 자신만의 완벽한 단어를 찾아라

현재 작업 중인 글을 묘사할 새로운 단어를 생각해내기란 그다지 어렵지 않다. 다음의 세 가지 질문에 답변하라. 단, 몇 분 안에 해야 한다. 쓰레기 같은 초고라는 단어를 쓰레기통에 버리고, 당신의 상상력을 사로잡는 아름다운 작업 과정을 완벽히 반영한 '○○한 초고'가 그 자리를 대신하게 하라.

1. 당신이 쓰는 장르의 특성은 어떠한가?

당신이 쓰는 장르의 특성을 생각해보라. 그것을 설명하는 단어들이 당신이 초고에 대해 느끼는 감정에 부합하는지도 생각해보라.

- 미스터리 소설을 쓴다면 '수수께끼 같은 초고', '알쏭달쏭한 초고' 같은 건 어떨까?

- 로맨스 소설을 쓴다면 '유혹적인 초고', '사랑스러운 초고' 등이 될 수 있다.
- 사적지에 관한 논픽션을 쓴다면 '모래 먼지가 휘날리는 초고'는 어떠한가?

2. 주인공은 어떤 사람인가?

주인공의 특성을 고려하여 정할 수도 있다. 주인공을 묘사하는 단어에 부합하는 초고의 모습을 생각하여 정할 수 있다.

- 주인공이 신앙에 의구심을 품게 된 교구 목사라면 '성찰적인 초고'는 어떠한가?
- 주인공이 기생충학자를 꿈꾸는 아홉 살 소녀라면? '꿈틀꿈틀 나아가는 초고'는 어떠한가?
- 주인공이 자신의 성정체성을 받아들이는 과정에 있는 중년이라면? '용감한 초고', '흔들림 없는 초고', '불요불굴의 초고' 정도를 생각해볼 수 있지 않을까?

3. 독자들이 당신의 책을 어떻게 표현하면 좋겠는가?

초고에 붙일 수식어를 찾는 가장 쉬운 방법은 당신이 존경하는 작품이나 작가를 보고, 그 책의 리뷰나 소개글에서 단어를 찾는 것이다.

- 나는 작가 메리 로치를 존경하는데, 그녀의 글을 읽을 때 느끼는 감정으로 표현하자면 '터무니없을 만큼 재미있는' 초고 정도로 할 수 있다.
- 또한 나는 AJ 제이콥스의 팬인데, 그가 읽어준다면 자랑스러울 초고라는

의미에서 '맛이 간 초고'라고 표현하고 싶다.

• 2단계 | 단어를 고른 뒤 한번 사용해보라

자신의 초고에 고유한 이름을 붙이는 것의 장점은 좋을 대로 아무 때나 이름을 바꿀 수 있다는 점이다. 작업을 시작한 뒤 몇 달 동안 한 장 한 장 쓰느라 씨름할 때는 '대략적인 초고'가 완벽한 표현으로 느껴질 수 있다. 하지만 다 쓰고 나면 상황이 바뀐다. 혼돈 속에서의 씨름이 다 끝나고 나면 '기분 좋은 초고'가 될 수도 있다.

이제 여러분의 두뇌가 단어 표현 모드가 되도록 도와줄 표현 200여 개를 소개하겠다. 완벽한 단어를 찾는 데 도움이 될 것이다.

가련한　　　　　　넋이 나간　　　　　　믿기지 않을 만큼 좋은
가차 없는　　　　　논쟁적인　　　　　　믿을 수 없는
강철 같은　　　　　놀라운　　　　　　　반영적인
거대한　　　　　　눈부신　　　　　　　반추하는
거룩한　　　　　　늠름한　　　　　　　배짱 있는
결연한　　　　　　단정하지 않은　　　　벌레 먹은
경악스러운　　　　단호한　　　　　　　범상치 않은
경이로운　　　　　당돌한　　　　　　　변덕스러운
경탄스러운　　　　대담무쌍한　　　　　별 같은
고르지 않은　　　　대담한　　　　　　　복받은
고유한　　　　　　대략적인　　　　　　부연
공경하는　　　　　대범한　　　　　　　불가해한
공상적인　　　　　더러운　　　　　　　불굴의
공전의　　　　　　독실한　　　　　　　불완전한
공평무사한　　　　두려운　　　　　　　불쾌한
관조적인　　　　　두려움 없는　　　　　불합리한
굉장한　　　　　　뛰어난　　　　　　　비상한
그늘진　　　　　　마법에 걸린 듯한　　비체계적인
기념비적인　　　　마술적인　　　　　　비틀거리는
기막히게 좋은　　　마음을 사로잡는　　　비할 데 없는
기막힌　　　　　　마음을 진정시키는　　빛나는
기분 좋은　　　　　마음이 끌리는　　　　빼어난
기적 같은　　　　　망연자실한　　　　　사랑스러운
꿈같은　　　　　　매력적인　　　　　　사려 깊은
끈덕진　　　　　　매혹적인　　　　　　사로잡는
끈질긴　　　　　　모래가 날리는　　　　사변적인
끌리는　　　　　　모험적인　　　　　　사색적인
끝내주는　　　　　목가적인　　　　　　사악한
난해한　　　　　　목적적인　　　　　　상상 이상의
남다른　　　　　　몽환적인　　　　　　상상할 수 없는
너무나 신나는　　　미친　　　　　　　　상서로운

새끈한
성스러운
세련된
세상을 놀라게 하는
솔깃한
수심 어린
숨막히는
시끌벅적한
신묘한
신성한
썩은
아름다운
아주 멋진
아주 좋은
악마적인
악취가 나는
악취가 진동하는
안개 낀
야비한
야성적인
어마어마한
역겨운
열의에 찬
영광스러운
영웅적인
완강한
완고한
완전히 넋을 빼는
외곬의
용감한
우수한

웅변적인
원기를 북돋우는
유들유들한
유별난
유혹적인
융통성이 없는
의연한
의지가 강한
이 세상 것이 아닌
이례적인
이성적인
인상적인
일관성 없는
일류의
자석같이 끌리는
장대한
장밋빛인
저항할 수 없는
전례 없는
절묘한
졸도할 만한
진심 어린
집요한
짭짤한
천상적인
체계 없는
촉망되는
최고의
최선의
추앙받는
축성받은

취한
토할 것 같은
특별하게 좋은
특이점이 있는
특이한
튼튼한
편안한
포기하지 않는
폭풍 같은
피상적인
허접한
헌신적인
혐오스러운
형식적인
형편없는
호감이 가는
호기심을 자극하는
호전적인
홀리는
화사한
확고부동한
확실한
환상적인
활기찬
황홀한
후려치는
흔들림 없는
희귀한
희망에 찬
희생적인
힘찬

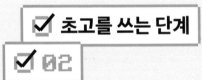

☑ 초고를 쓰는 단계

☑ 02

"불안함으로 괴로운 이유는, 무대 뒤에 있는 자신의 모습을 타인의 명장면과 비교하기 때문이다."

_ 스티브 퍼틱Steven Furtick(2011년 5월 10일 트위터 글)

나는 영화 제작을 전공해 커뮤니케이션학 학위를 받았다. 그래서 영화를 볼 때 몰입하기가 힘들다. 눈에 보이는 장면 뒤에서 어떤 일이 벌어지는지 '알기' 때문이다. 나는 한 장면이 만들어지는 모든 과정을 안다. 관객들이 객석에 앉아서 눈물을 찍으며 감상하는 그 장면이 대본 단계에서 촬영, 효과음 녹음에서 최종 편집까지 어떻게 이루어지는지 안다.

졸업 작품으로 직접 영화 대본을 쓰고 감독을 하고 편집을 하면서, 나는 1분짜리 장면을 만드는 데 10분 이상이 잘려 나간다는 걸 알게 되었다. 영화 한 편에서 가장 중심 장면, 즉 명장면은 30초밖에 안 될 수도 있다. 우리는 30초의 명장면을 위해 120분짜리 영화 대본을 쓰고, 감독하고, 편집한다.

책도 마찬가지다. 출판된 책을 읽을 때 우리는 얼마나 많은 단어가 삭제되었는지, 얼마나 많은 장면이 수정되고 지워졌는지 생각하지 않는다. 우리는 자신에게 말을 걸어오는 몇 단락에만 집중한다. 그리고 자신이 사랑하는 책에서 그렇게 집중해 읽은 명장면만 기억한다. 그리하여 작가 지망생들은 초고를 쓰면서 명장면이 될 가치가 있는 단락을 써야 한다고 생각하게 된다.

하지만 전혀 그렇지 않다. 《작가가 희망하는 책The Writer's Book of Hope》에서 랠프 키스Ralph Keyes는 영감을 다룬 장에서 개고改稿의 필요성을 설파하면서, 저자가 개고 단계를 너무 빨리 마무리하면 어떻게 되는지 말해준다. 그는 그 결과를 이렇게 묘사했다.

> 그런 것들은 참을성 없는 제빵사가 만든 빵과 같다. 오븐에서 부푸는 중인 빵을 꺼냈다는 말이다. 그런 글에는 부자연스럽고, 장황하고, 내용을 따라가기가 힘든 단락들이 넘쳐난다. 장황하고 늘어지는 문장들이 걸리적거린다. 모호한 언어가 책장을 무겁게 짓누른다. 갈피를 못 잡고 우왕좌왕하는 생각들이 클리셰들로 튀어나온다. 글은 짜임새가 없고 느슨하다. 반복되는 문장이 득시글댄다. 그러니까 초고를 읽는 기분이다.

어째서 우리는 초고에서 기대하지 말아야 할 것들을 초고에 기대하는가? 그건 아마 작가들이 쓴 명언을 너무 사랑해서인 것 같다.

다시 말해 누구든 의자에 엉덩이를 오래 붙이고 있을수록 책을 쓸수 있다고 생각하게 되어서다. 이런 명언, 들어본 적 없나?

> "글을 쓰는 것 말고 다른 건 없다. 우리가 할 일은 그저 타자기 앞에
> 앉아서 피를 흘리는 것뿐이다."

물론 우리는 헤밍웨이의 말이 액면 그대로가 아님을 안다. 하지만 '글을 쓰는 것 말고 다른 건 없다'와 '우리가 할 일은 그저 ○○○뿐이다' 같은 표현과, 상처에서 흐르는 피라는 이미지가 결합되면, '얼마나 힘들까?' 같은 느낌과 ① 팔을 벤다. ② 피를 흘린다. 오직 이 두 단계의 과정만이 떠오르게 된다. 내 생각에 이 단계를 다음과 같이 좀 더 어렵게 만들면 문제가 덜할 것 같다. ① 칼날을 찾는다(자신의 이야기를 정한다). ② 살을 베지 못할 정도로 칼날이 무디다는 사실을 깨닫는다(이야기의 아이디어에 구멍이 숭숭 나 있다는 걸 깨닫는다). ③ 칼날을 날카롭게 벼릴 만한 것을 찾는다(자료 조사에 착수한다). 이후 더 많은 단계를 더할 수도 있다.

글쓰기는 선형적인 활동이 아니라
순환 구조다

도널드 머리 박사Dr. Donald Murray는 '미국 최고의 글쓰기 선생'으로

일컬어진다. 나도 머리 박사가 설파하는 글쓰기 과정의 전도사다.

1972년 기사에서 그는 이렇게 썼다.

> 글 쓰는 과정은 세 단계로 나눌 수 있다. 집필 전 단계, 집필 단계, 개
> 고 단계. 각 단계에 드는 시간은 작가의 성격, 작업 습관, 작가로서
> 의 성숙도, 표현하고 싶은 주제의 어려움에 달렸다. '반드시'라고는
> 할 수 없지만, 많은 작가가 대개 이 세 가지 단계를 거친다.

머리 박사는 단계별로 어느 정도의 시간을 들여야 하는지도 설명
한다. 그는 집필 전 단계에는 85퍼센트, 집필에는 1퍼센트, 개고에
는 14퍼센트의 시간을 들이라고 말한다. 하지만 박사가 소설이나
회고록, 자기계발 서적을 쓰는 나나 여러분 같은 작가가 아니라, 논
문과 씨름 중인 대학생들을 가르치고 있다는 사실을 염두에 두자.

자료 조사를 토대로 논문을 쓰는 대학생의 경우, 보통 집필 전 단
계에 85퍼센트의 시간을 쏟아야겠지만, 소설가, 회고록 작가, 창의
적인 논픽션 작가 대부분에게 이는 과하다. 그렇다고는 해도 집필
전 단계에서 이루어지는 모든 일이 집필 과정에 포함된다는 점을
생각하면 썩 터무니없는 말은 아니다. 이 같은 개념을 언급하는 이
유는 실제로 원고 작성, 즉 단어를 쓰는 일만이 초고 집필 과정이 아
님을 알려주고 싶어서다. 우리는 때때로 단어를 실제로 작성하는
것만이 책을 쓰는 일이라는 생각에서 벗어나지 못한다.

이러한 시간을 인정하는 것이 중요한 이유는, 우리가 원고를 쓰

는 데 얼마만큼 헌신하고 있는지를 보다 분명하게 보여주기 때문이다. 비록 자신이 생각하는 것만큼 빨리 단어들을 써내지 못한다고 할지라도 말이다. 아니, 단어란 건 원래 우리가 바라는 만큼 매끈하게 다듬어지지 않는다. 여기에서 설명하는 개념들을 읽으면, 여러분은 자신이 원고를 끝낼 수 있다고 믿게 될 것이다.

집필 전 단계

· 읽기

자신이 쓰려는 장르의 책을 읽는 일은 해당 장르에서 사용하는 비유와 구성, 독자가 기대하는 것들을 알게 해준다. 이는 집필 전 단계에서 중요한 시간이다. 창피하지만 나의 첫 경험을 바탕으로 말하자면, 자신이 잘 모르고, 사랑하지도 않는 장르의 원고를 11만 자나 쓰고 편집하는 일은 결국 눈물로 끝날 뿐이다. 이렇게 죽자 사자 쓴 단어들은 '침대 아래'에 처박히는 신세가 될 것이다.

이런 읽기 작업에는 수년 동안 직접 작성한 메모를 검토하는 일도 포함된다. 그 아이디어들이 한동안 당신과 함께 지냈다면 말이다. 적어두고 잊었던 아이디어를 떠올리거나, 어떤 장면을 쓴 초고를 읽고 확인하는 일은 격려가 된다. 물론 좀 다듬어야 할 필요가 있지만, 뭐, 거기에는 좋은 것도 있다.

· **사람들에게 당신의 이야기 들려주기**

머릿속에서 살아 움직이는 이야기를 친구, 가족, 동료, 다른 작가, 혹은 기차에서 만난 사람에게 들려주는 일 역시 집필 전 단계로서 시간을 들여야 하는 과정이다. 소설을 집필 중이라면 등장인물, 회고록이라면 인생 경험, 자기계발서라면 자신이 배운 교훈을 말로 표현하고, 사람들로부터 피드백을 받는 것은 피(단어)를 보다 쉽게 흐르게 해준다. 어떤 작가들에게는 그렇다.

이 단계를 수행하는 게 별로 힘이 들지 않는 작가들도 있을 것이다. 핵심은 당신이 집필 중인 작품에 대해 떠드는 일 역시 글을 쓰는 시간에 포함된다는 점이다.

· **자료 조사**

논픽션을 주로 쓰는 작가로서 나는 글 쓰는 시간의 85퍼센트를 자료 조사에 할애한다. 조사가 도통 끝나지 않고 글을 작성하는 단계로 넘어가지 못하면 나는 먼 거리를 가야 하는 주제를 선정했음을 깨닫는다. 어떤 분야의 책을 쓰느냐에 따라, 조사 작업은 주요 등장인물의 이름을 적절하게 짓는 일에서부터 19세기 해녀에 관한 정보를 모으거나, 모하비 사막의 켈소 사구를 따라 걷는 것에 이르기까지 다양해진다.

또한 집필 단계로 넘어간 후에라도, 집필 전 단계로 돌아가게 하는 일들은 한 무더기나 존재한다. 이를테면 주요 등장인물을 더 깊이 파악하기 위해, 까다로운 장면에 맞서 인물들의 동기를 더 잘 이해하기 위해 집필을 중단해야 하는 상황이 생긴다.

· 원고에 관한 아이디어를 개략적으로 써보기

자신이 '플로터Plotter'인지, '플랜스터Planster'인지, '팬처Pantser'인지를 알면, 조금 자신감을 가지고 집필 과정에 임할 수 있게 된다. 특히나 당신이 자기와는 다른 방식으로 초고를 쓴다는 이유로 "잘못하고 있다"라고 말하는 작가가 주변에 있다면 더더욱 그렇다.

플로터는 제1장(혹은 장면 1)부터 결말(마지막 장면)에 이르기까지 이야기(원고)가 어떻게 전개되는지 개요를 작성한다. 10여 쪽의 글 혹은 수십 장의 카드 등으로 상세한 개요표를 작성하는 것이다. 개요에는 등장인물 설정, 이야기의 무대가 되는 장소 등에 관한 상세한 설명은 물론, 책의 분위기를 설정하는 데 도움이 될 사진 혹은 음악 플레이리스트 같은 것들도 포함된다. 어떤 플로터들은 이 단계에 몇 주, 혹은 몇 달을 쏟는다.

팬처는 플로터와 정반대다. 이들은 이야기가 어디로 흘러갈지 걱정하지 않고 일단 직감대로 글을 써나가는 유형이다. 이들에게는 대략적인 아이디어만 있다. 이들은 하나의 목적 혹은 중심 갈등과 그에 관련된 등장인물 두세 사람만 생각해두고, 등장인물들이 닥치는 대로 이야기를 하게 둔다.

플랜스터는 원고에 접근하는 방식에서 플로터와 팬처의 특징을 모두 가지고 있다. 모호할지언정 하나 이상의 아이디어를 지니고, 실제 개요는 조금 더 엉성하게 작성한다. 좋은 아이디어를 지니고 있지만, 상상력 여기저기에 구멍이 숭숭 난 상태에서 일단 글을 쓰면서 그것들을 메워가는 유형이다.

집필 단계

· 단어 작성

물론 집필 전 단계에서부터 종이에 이야기를 옮길 수 있지만 개고 단계에 이르기까지 집필 과정은 수차례 번복될 것이다. 그리고 첫 번째로 쓴 원고와는 완전히 새로운 단어들을 종이에 옮기게 될 것이다. 초고를 집필하는 과정은 한 번에 죽 쓰고 끝나는 선형적인 형태가 아니다.

· 창밖 응시

벽을 응시해도 된다. 그냥 키보드에서 손가락을 떼고 몇 분 동안 복슬복슬한 강아지 친구나 쓰다듬어 주면서 이런저런 생각을 해도 된다. 그러면서 여러분의 가엾은 주인공에게 다음에 어떤 끔찍한 일이 생길지 알아내라. 단순히 '쓰는 행위' 말고, 그와 관련된 '작업을 하는 것'으로도 원고가 생명력을 얻게 된다는 점을 알아두라. 키보드에서 손가락을 떼고 있는 시간도 집필 시간에 포함될 수 있다.

개고 단계

· 고쳐 쓰고, 잘라내고, 또 고쳐 쓰고

이 마지막 단계에는 많은 시간을 할애하지 않을 것이다. 초고를 쓸 때 편집자로서의 마음을 멋진 상자에 넣어두고, 그 상자를 옷장 가장 위 칸 한구석에 멀찍이 치워두었다면, 초고를 쓰기가 무척이나 쉽기 때문이다. 초고에서의 목표는 이야기를 만들고, 그 이야기가 어떤지 판단하지 말고 종이에 옮기는 것이다. 집필 전 단계에서 이 작업의 일부 혹은 전부를 행했다면, 초고가 침대 밑으로 들어가는 신세는 면하리라는 자신감을 갖게 될 것이다.

스스로를 믿고
시간을 견뎌내라

글쓰기 커뮤니티인 '북온파이어Book on Fire'를 시작하기 전에, 나는 참가 지원자들에게 그들의 글쓰기에 관해 몇 가지 질문을 했다. 이를 통해 지원자가 어떤 사람인지, 그리고 그를 어떻게 도와야 할지를 파악했다. 그 질문 중 하나는 간단했다. "책을 쓰는 데 얼마의 시간을 투자했습니까?"

ⓐ 1년 이하 ⓑ 1년에서 3년 ⓒ 3년에서 5년 ⓓ 5년에서 10년 ⓔ 10년 이상으로 답할 수 있었다.

결과를 확인하기 전에, 여러분도 스스로 이 질문을 해보고, 204명의 응답자(여성 200명, 남성 4명)가 어떤 답을 많이 택했을지 생각해보라.

	10%	20%	30%	40%	50%	
5.4%						1년 이하
15.2%						1년에서 3년
30.4%						3년에서 5년
14.2%						5년에서 10년
34.8%						10년 이상

당신이 5년 이상 원고를 (집필의 3단계 중 어느 단계든) 붙들고 있다 해도, 첫 책에 들이는 시간으로는 일반적인 범주에 속한다는 사실을 이 표를 통해 알길 바란다.

'그 원고의 아이디어를 떠올린 지' 혹은 '원고를 시작한 지' 10년도 넘었다고? 그것도 좋은 소식이다. 당신의 이야기는 집필 전 단계를 거치면서 숙성되었을 것이고, 열망은 당신 안에서 수년 동안 불타오르고 있었을 것이다. 끄집어내어 세상에 내놓지 않는 한, 그 이야기는 죽는 날까지 당신에게서 떨어지지 않을 것이다. 알아둬라.

이제 당신에게 필요한 것은 약간의 책임감이다. 책임감은 당신이 그 작업에 시간을 바치게 해준다. 약간의 격려도 필요할 것이다. 벽에 부딪힌 기분이 들 때 격려가 당신을 밀어줄 것이다. 당신을 응원하는 사람들은 당신이 스스로 작가라고 여기고, 당신의 이야기가 중요한 것이며, 초고는 원고를 완성하는 데 중요하지만 첫 단계일

뿐임을 인식하도록 도와줄 것이다.

키보드 자판을 두드리는 일은
빈티지 자동차를 만드는 일과 다르지 않다

악기 연주, 그림 그리기, 퀼트, 빈티지 자동차 개조 등 다른 취미 생활에 대해 생각해보라. 그냥 앉아만 있으면 쇼팽의 곡을 연주하고, 피카소처럼 그림을 그리고, 메리앤 폰스 같은 퀼트 작품을 제작하고, 보이드 코딩턴만큼 1964년식 셰비 자동차를 분해할 수 있을 것 같은가?

그런데 우리는 글을 쓸 때 자신의 능력을 터무니없이 과신하곤 한다. 내 생각에 이 같은 문제는 우리가 걸신들린 듯이 수많은 책을 읽고, 엄청난 어휘를 알고, 키보드를 두드릴 줄 안다는 것이 한 가지 이유가 될 듯하다. 우리는 초고에 말도 안 되는 기대를 한다. '이것 말고 책을 쓰는 데 또 뭐가 필요하지!'라고 생각한다.

자, 나는 손가락도 열 개고, 내 앞에는 오선지와 피아노가 있지만 (그리고 아름답게 연주하시는 할머니가 몇 년 동안 나를 애써 가르치셨다), 내가 연주할 수 있는 최선은 〈젓가락 행진곡〉 정도다. 젓가락질은 이보다 좀 더 잘한다.

내 아들 리엄은 공식적으로 피아노 교습을 받진 않았지만, 피아노 앞에 앉아서 하루 만에 제일 좋아하는 팝송을 연주할 수 있었다.

어째서 가능할까? 물론 그 애에게는 타고난 재능이 약간 있을 수도 있지만, 가장 큰 이유는 노력과 배우는 동안 평가받는 일을 두려워하지 않아서다.

아들은 처음 두 시간 동안 수없이 실수를 하면서 건반을 뚱땅거렸다. 무슨 곡인지 도무지 알 수가 없을 지경이었다. 그러다가 알아들을 수 있는 화음이 나오기 시작하더니, 무슨 곡을 연주하려는 건지 알 수 있게 되었다. 한두 시간이 더 흐르자 아들은 곡을 따라 칠 수 있게 되었다. 일주일 동안 연습을 하더니, 그 곡을 학교 휴게실에서, 친구들이 듣고 평가하는 그곳에서 연주할 수 있게 되었다.

우리 아버지가 돌아가시기 얼마 전에 낡은 아코디언을 조율해서 손자에게 선물로 주셨다. 그러면서 뮤지컬 예능 프로그램인 〈로런스 웰크 쇼〉에 나오는 〈치킨송〉을 연주하는 법을 배웠으면 좋겠다고 말씀하셨다. 리엄은 재빨리 목표를 세우고 연습에 착수했다. 그 곡을 배울 시간이 얼마 남지 않았음을 알았던 것이다. 이 시도는 물론 성공했다.

슬프지만 이 같은 목적이 없었더라면 리엄은 분에 넘치는 선물을 받고도 1950년식 아코디언을 연주하는 법을 배우지 못했을 것이다. 적어도 열여덟 살에는 못 배웠을 것이다.

우리도, 우리의 책도, 우리의 이야기도 마찬가지다.

어떤 이야기가 두어 해 이상 마음속에 있었다면, 그게 당신을 혼자 두지 않는 이유가 있다. 그 이야기에는 목적이 있다. 녀석을 위해 지금까지 어떤 일을 했는지 모두 적어보라.

집 여기저기에 널려 있는 원고 관련 메모들을 모아서 파일 하나에 정리해두면, 모든 내용을 한 번에 살펴볼 수 있다. 그 메모들이 수기로 작성되어 있다면 컴퓨터 문서 파일로 새로 작성해둬라. 써둔 메모가 없다면, 펜을 들고, 종이를 앞에 두고, 끄적여보라. 프레젠테이션 차트나, 사건의 시간표, 혹은 아이디어를 표현한 이미지 등 꼭 글이 아니어도 된다. 이미 집필 단계에 들어섰고 작성 중인 문서가 있다면 (와우!) 다음 날 파일을 열어서 지금까지 쓴 것을 다시 읽어보라. 고쳐 쓰고 싶은 충동을 누르고, 눈앞에 있는 글을 읽는 데만 집중해보라. 보다 최근에 작성 중인 문서가 있다면, 24시간 안에 문서를 열고 조금 더 작성하라.

여기에서 핵심은, 당신이 얼마나 작업을 진행했는지에 상관없이 다음 날 시간을 조금 할애해서 이야기를 좀 더 구체적으로 진척시키는 것이다.

초고 쓰기의 보편적인 규칙

☑ 03

"반복적으로 행하는 일이 우리 자신을 만든다. 그냥 행위가 아니라 반복적인 습관이 탁월함을 만든다."

_ 아리스토텔레스

10여 년 전에 내 첫 원고(절대로 출판하지 못할 원고다)의 편집자가 스티븐 킹의 《유혹하는 글쓰기》를 읽어보라고 권했다. 그래서 읽었다. 특히 기억에 남는 내용은 딱 한 가지였는데(계속 술을 마시면 아내가 떠날 거라고 어떻게 협박했는지를 빼면), 킹이 1년에 365일 글을 쓴다는 것이었다. 그는 생일날에도 글을 쓰고, 크리스마스에도 글을 쓴다고 했다.

《유혹하는 글쓰기》를 읽지 않았더라도 수백 명의 사람이 킹과 같이 해야 한다고 생각한다. 이 같은 흥미 위주의 내용을 떠들면서 이 '호러 왕'의 오싹한 발자취를 따라야만 진짜 작가가 될 수 있다고, 그러지 않으면 스스로 '작가'라고 부를 자격이 없다고 여긴다.

나는 애초부터 이 바보 같은 믿음을 버렸는데, 그건 ① 내가 진짜 작가이고 ② 매주 글을 쓰지 않아도, 하루쯤 글을 쓰지 않고 빈둥대도, 내 인생의 대부분을 작가로 살면서 다작을 했으며 ③ 그럼에도 빌어먹게 내가 진짜 작가이기 때문이다. 그런데 진짜 작가가 되기 위한 스티븐 킹의 법칙을 무시하면서, 나는 무심결에 글쓰기 습관에 담긴 가치까지 무시하는 우를 범했다. 작가로서 어떤 규칙적인 습관을 따르지 않지만, 나는 여전히 초고를 작성하고 원고를 완성했기 때문이다. 이렇듯 규칙성 없는 글쓰기 방식은 내게만 효과적이었는데 말이다.

나는 항간에 떠도는 유명 작가들의 글쓰기 습관에 관한 입증되지 않은 이야기들을 찾아본 뒤, 하루도 빼먹지 않고 글을 쓰는 습관에 대한 신봉에 어떤 과학적 근거가 있는지 알아보았다. 그러자 놀랍게도 으스스한 '공포의 제왕' 씨가 진짜 중요한 사실을 발견했음을 깨달았다. 핵심은 매일 네 시간이든 다섯 시간이든 글을 쓰는 것이 아니었다. 그 일이 보통 사람들은 하고 싶어도 할 수 없는 일이라는 점이었다.

훈련되지 않은 뇌에게 엉덩이를 붙이고 한 시간 정도 글을 쓰라고 요구하는 일, 심지어 그것이 평소 해보지 않은 일이라면, 마치 마트에서 주차장까지의 거리 이상을 걸어본 적이 없는 사람에게 당장 마라톤을 하라고 요구하는 것이나 마찬가지다. 마음으로야 그 일밖에 하고 싶은 게 없다고 하겠지만, 실제로 그 일을 수행할 가능성은 제로다. 지구력을 쌓지 않는다면 말이다. 그리고 지구력을 쌓는 데는 매일의 실천이 필요하다.

일상적인 습관은 거대한 목표를 쉽게 달성하게 해준다. 이건 사실이다.

'미국 최고의 글쓰기 선생' 도널드 머리는 저널리스트로, 시인으로, 대학원에서 교편을 잡은 교수로, 글쓰기 책을 비롯해 십수 권의 책을 펴낸 작가로 50년을 넘게 보내면서 10가지 글쓰기 습관을 정리했다. 무엇인지 궁금한가? 다음과 같다.

- 인지
- 반응
- 연결
- 리허설
- 게으름
- 초고 작성
- 지우기
- 속력 내기
- 수정
- 완성

머리 박사는 《글쓰기에 관한 대화Conversations About Writing》라는 책에서 '작가의 습관'이라는 글을 통해 자신의 습관 하나하나를 상세히 설명한다. 그 습관들 각각이 모두 중요한 것은 아니다. 중요한 건 오직 당신에게 효과가 있을 습관이다.

머리의 습관은 머리에게 효과가 있다. 킹의 습관은 킹에게 효과가 있다. 내 습관은 내게 효과가 있다. 당신의 습관은 당신에게 효과가 있다. 당신이 해야 할 일은 오직 초고를 쓰는 것뿐이다. 그래야 당신만의 패턴이 무엇인지 알아낼 수 있다. 그러고 나서 효과가 있고 생산적이었던 패턴을 습관으로 만들어라.

이렇게 찾아낸 습관이라고는 청개구리같이 계획을 어기는 습관밖에 없다고? 그래도 괜찮다. 아직은 두 팔을 하늘로 쭉 뻗고 당신의 창조적인 영혼이 "전 이 책을 절대로 다 쓰지 못할 겁니다. 제가 가진 습관은 저와의 약속을 깨는 것 하나뿐입니다. 일주일에 적어도 하루는 이야기를 쓰겠다는 약속요"라고 선포하는 위대한 드라마를 찍지 않아도 된다.

은연중에 계속 행동에 관한(글을 쓰지 않고 미루는 행동도 포함해서) 생각을 하고 있다면, 당신을 움직이는 몇 가지 습관을 발견하게 될 것이다. 충분히 예측할 수 있겠지만, '나는 토요일 오전 10시에 30분씩 글을 쓸 거야'라는 생각을 하면서도 실제로는 토요일 오전이 되면 곤도 마리에의 인생을 바꾸는 마법에 따라서 양말 서랍과 속옷 서랍을 정리하겠다는 갑작스러운 열망이 마음 깊은 곳에서 솟구친다. 이제 나는 속옷과 양말 들을 잘 개켜서 두었기에 만족스러운 한편, 원고를 완성하지 않고 질질 끌면서 계속 날짜를 넘기는 비용을 대가로 치른 것에 불만족스러워 하게 될 것이다.

10장 '내면의 비평가'에서 다루겠지만, 글쓰기에 있어서 미적거리는 태도가 (꼭) 죄악은 아니다. 글 쓰지 않는 시간 역시 작가로서의 정당한 활동이다.

단어를 쓰지 않고 있는 시간, 글을 쓰고 싶어 하고, 글을 쓰려고 애쓰는 시간은 그것이 몇 달이든, 몇 년이든, 심지어 수십 년이든 모두 가치가 있다.

당신은 자양분을 공급하는 중이다. 따라서 지금 이 순간 '글을 생산'하지 않고 있다면서 자책하지 않아도 된다. 글을 작성하지 않고 있는 시간을 좋은 것으로 판단하는지, 나쁜 것으로 판단하는지는 상관없다. 글을 쓰고 있지 않은 혹은 쓰고 싶은 만큼 쓰지 못하고 있는 경험 역시 자신의 습관으로 볼 수 있다면 말이다. 그것이 의식적인 것인지, 무의식적인 것인지도 상관없다. 이제부터 당신의 글쓰기 습관을 의식하고, 분명하게 만들어라. 이런 습관을 이용하여 출판에 이르도록 할 새로운 습관을 만들어 자기만의 길을 걸어가라.

내털리 골드버그의 베스트셀러인 《뼛속까지 내려가서 써라》는 작가들을 위한 안내서다. 이 책에는 글쓰기 연습Writing Practice에 관한 7가지 규칙이 언급된다. 그중 몇 가지는 다소 설명이 필요한데, 세세한 설명은 골드버그 여사에게 맡기겠다(그녀의 책을 사 보라). 또한 그녀의 규칙은 글쓰기 교수법까지 바꾸며 신뢰받고 있다. '초고 쓰기의 보편적인 규칙'을 다룬 이번 장에서는 세세하게 설명하지 않겠다. 규칙만 소개한다.

· 손을 계속 움직여라.

- 마음을 통제하지 마라.
- 생각하지 마라.
- 철자, 구두점, 문법 같은 것을 신경 쓰지 마라.
- 자유롭게 쓰레기를 써라.
- 더 깊은 곳으로 뛰어들어라.
- 세부적으로 써라.

패멀라 드바레스Pamela De Barres 역시 《피가 흐르게 둬라Let It Bleed》에서 작가를 위한 규칙 몇 가지를 이야기했다.

이 규칙은 드바레스가 '회고록 쓰기' 강좌에서 학생들에게 과제에 어떻게 접근할지 설명하면서 언급한 것이다. 골드버그의 규칙을 연상시키는 측면이 있지만 한 가지 큰 차이가 있다.

- 종이에서 펜을 떼지 마라. 혹은 키보드에서 손가락을 떼지 마라.
- 뜸들이지 마라.
- 생각하지 마라.(이게 가장 중요하다)
- 지금 쓴 글이 어떨지 추측하거나, 문장 전체를 읽는 짓을 하지 마라.
- 지우지 마라.
- 스스로 검열하지 마라.

나는 '~하지 마라'는 규칙들은 반동을 일으킨다는 것을 경험으로 알게 되었다. 20년도 더 전에, 내 아들이 걷기 시작하고 세상을 탐색해나갈 때 배운 사실이다.

내가 "스탠드 건드리지 마"라고 이야기하면, 아들은 스탠드를 쳐다보고 마치 신에게 그것을 만지라고 명이라도 받은 듯 그쪽으로 다가갔다. 아이가 집 주위를 뒤뚱뒤뚱 뛰어다닐 때 내가 "식탁 모서리에 부딪히지 않도록 조심해!"라고 이야기하면, 두둥! 애는 곧장 테이블에 부딪혔다. 아이에게 과일을 먹이고 싶을 때는 "그 사과 먹지 마"라고 이야기하면 되었다. 그러면 내가 아일랜드 식탁에 앉아 초콜릿바를 숨기기 전에 아이의 입속에 사과가 있었다.

대체 왜 이럴까? 아들은 부모 말을 거역하면서 즐거움을 느끼는 말썽쟁이는 아니었다. 사실 내가 아는 애들 중에서도 다루기 쉬운 편에 속했다. 그런데 대체 왜 이런 걸까?

내가 살펴본 바, 아이의 뇌(혹은 상상력)는 내가 아이에게 '하라'고 부탁하는 모습을 보고 그대로 행한 것이었다. 우리 마음의 귀는 부정형을 알아듣지 못한다. 그저 '행위 동사', 즉 스탠드를 건드리고, 테이블에 부딪히고, 과일을 먹는 것만을 받아들일 뿐이다. 부정형을 실행하는 데는 뇌의 다른 부분이 사용된다.

첫 번째 해석은 즉시적이고 무의식적이다. '하지 마라'를 해석하려면, 생각을 거쳐야 하고, 따라서 시간이 더 오래 걸린다. 우리 아들이 말썽쟁이라서가 아니라, 단순히 머릿속에 유입된 동사를 듣고서 그대로 행동하는 것이라는 내 생각에는 과학적 근거가 있다.

그래서 나는 골드버그의 규칙을 신뢰한다. 그녀의 규칙은 긍정형 문장으로서 드바레스의 규칙보다 더욱 강력하고 효율적이다.

하지만 골드버그와 드바레스의 규칙 모두에서 똑같은 부정형 문장이 하나 있다. 바로 '생각하지 마라'이다. 이 규칙을 긍정형으로 바꿀 수 있을까? 내 경우 글을 쓰는 동안 '생각하지 않았을' 때 무슨 일이 일어나는지 고려해보자, 이 문장에 대한 긍정형을 다음과 같이 쓸 수 있었다.

'네 자아는 뒷좌석에 놓아두라' 혹은 '글을 쓰는 동안에는 영감이 이끄는 대로만 움직여라'.

'마음 가는 대로 써라'라든가, '아무도 이 글을 읽지 않을 것이니 스스로를 위해 써라' 같은 식으로, 부정형으로 묘사된 규칙을 긍정형 문장(한 문장이 넘어가도 된다)으로 바꾸는 방법을 여러분도 '알' 것이다.

• 연습 1 | 긍정형 규칙을 만들기

지금까지 들었던 당신이 '진짜 작가'가 되게 하는 규칙, 책을 완성하기 위해 따라야 할 규칙을 모조리 생각해보라. 마음속에 쉽게 떠오르는 규칙들을 글로 써보라. 쉽게 떠오른다는 말은 그 규칙이 당신 마음 가장 깊은 곳을 울리기 때문이다. "나도 그렇게 생각해"라는 말이 나오는 규칙도 좋고, 스티븐 킹의 규칙처럼 "이런! 저건 나한테 안 맞아!" 하고 반발심이 드는 규칙도 좋다.

규칙들을 다 적었다면, 그동안 별 신경을 쓰지 않던 규칙, 혹은 어기면 안 될 것 같은 기분이 드는 규칙은 지워도 된다. 이제 그 규칙들 위에 끼적여보자. 그 규칙을 어기면 안 될 것 같은 기분이 느껴지지 않도록 다른 방식으로 표현해보는 것이다.

이제 알람을 맞추고, 다음에 대해 15분간 자유롭게 써보자.

초고를 끝내기 위해 내가 따라야 할 규칙, 혹은 습관으로 삼아야 할 규칙이 있다면?

알람 시간이 다 되면, 마음에 와닿는 규칙에 동그라미를 치고, 긍정형의 짧은 문장으로 바꾸어보라.

내가 정한 규칙은 무척이나 간단하며, 매일 소소한 성공을 거두게 해준다. (이것이 초고를 끝마치는 데 중요한 요소임을 곧 알게 될 것이다.)

너는 매일 조금씩 원고를 발전시켜 나갈 것이다.

왜 '나'가 아니라 '너'로 이 문장을 썼을까? 5장에서 그 이유를 설명하겠다.

• 연습 2 | 글쓰기 과정 검토하기

이것은 이론적인 과제가 아니므로 읽어보고 도움이 될지, 아님 말도 안 되는 소리 같은지 생각해보라. 이 과정은 당신 안에 자리한 작가에게 과거의 습관을 변화시키는 한 걸음을 떼도록 하여 초고를 완성할 수 있게 해준다.

① 달력을 꺼내라.

② 오늘부터 3일에서 5일 안에 어느 하루를 정하라. 그날 15분을 글 쓰는 시간으로 비워둬라. 내일이나 모레는 안 된다!

③ 15분짜리 일정에는 '내 책 쓰기'라고 적어둬라.

④ 지금부터 책을 쓰기로 한 날짜가 다가오기 전까지 늘 지니고 다닐 수 있는 조그마한 노트를 찾아라.

⑤ 원고와 관련한 생각이 떠오를 때마다 노트에 기록하라. 줄거리에 대한 아이디어도 좋고, 글을 쓰려고 앉아 있을 때의 기분도 좋다. 내면의 비평가가 당신(혹은 당신이 쓰는 이야기나 글쓰기 과정 자체)에 대해 부정적인 말을 하는 것도, 긍정적인 말을 하는 것도 써라. 어떤 대화를 듣고(주변의 대화든 텔레비전 드라마든 괜찮다), 당신의 주인공이 비슷한 상황에 처했다면 어떤 말을 했을지에 대한 것도 좋다. 소설을 읽다 영감을 주는 구절, 혹은 '나라면 이보다 더 잘 썼을 거야'라는 생각이 드는 구절도 좋다. 당신의 원고와 관련 있어 보이는 생각이라면 무엇이든 노트에 적어라. 시간이 된다면 최대한 구체적으로 적어라.

⑥ 쓰기로 한 날짜가 다가오면, 알람을 15분으로 맞추고, 자리에 앉아서, 자연스럽게 떠오르는 일을 하라. 그것이 글쓰기라면 글을 써라. 창밖을 멍하니 바라보며 뭘 쓸 수 있을지 이런저런 생각을 하고 싶다면 창밖을 응시하라. 예전에 읽던 뭔가를 읽고 싶어진다면 그것을 읽어라. 자료 조사도 하고, SNS 검색도 하라. 글을 쓰기로 비워둔 시간 동안 해야 할 것 같은 기분이 드는 일이라면 뭐든 좋다. 어떤 판단도 하지 말고, 죄책감을 느끼지도 마라. 당신은 글을 쓰는 과정 중에 있는 것이며, 해야 할 일은 오직 무슨 일이 일어나는지 살펴보는 것뿐이다. 그러고 나서….

⑦ 알람이 울리면, 글을 쓰겠다고 앉아 있었을 때 어떤 일이 일어났는지 적어보라. 가능한 한 상세히 적어라. 당신은 무엇을 했는가? 어떤 감정이 들었

는가? 신체적 느낌은 어떠했는가? 무슨 생각이 들었는가? 달력에 일정을 기입했을 때부터 실제로 의자에 엉덩이를 붙이고 앉아 있을 때까지, 그사이에 원고와 관련해 생각한 것, 느낀 것, 한 일은 무엇인가?

⑧ 이 과정을 모두 해냈다면, 다음 번 일정을 달력에 표시하라. 원고에 할애할 15분의 시간을 비워둬라. 이번 일정표에는 '내 책에 관한 일을 하기'라고 써라. 이 시간에는 '글을 쓴다'는 표현을 사용하지 않길 바란다.

⑨ 이 방식으로 초고 작업에 할애할 일정을 짜고, 1번부터 7번까지의 과정을 반복하라. 어떤 느낌이 드는지 살펴보라.

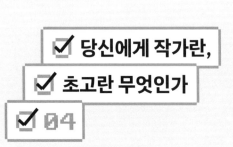

✔ 당신에게 작가란,

✔ 초고란 무엇인가

✔ 04

"믿음이란 당신이 계속 품어온 생각이다."

_ 에이브러햄 힉스Abraham Hicks

이런 경험이 있는가? 집에서 멀리 떨어진 낯선 장소에 갔는데 배가 고프다. 눈앞에는 레스토랑이 두 곳 있다. 한 곳은 익히 잘 아는 체인점이고, 다른 한 곳은 한 번도 상호를 들어본 적이 없다. 어느 곳에서 식사를 할 것인가?

대부분의 사람들은 익숙한 레스토랑을 택할 것이다. 그곳에서 파는 종류의 음식을 좋아하지 않아도 말이다.

이 같은 심리 현상을 '단순노출 효과'라고 하는데, 우리 일상의 모든 곳에 영향을 미친다. 단순노출 효과란, 우리가 단순히 어떤 대상에 익숙하다는 이유로 그것을 선호하는 성향을 말한다.

단순노출 효과는 어째서 광고주들이 자기 상품을 우리 앞에 가급

적 자주, 확실하게 보이는 데 그토록 많은 돈을 쓰는지, 어째서 작가나 온라인 사업가 들이 페이스북 광고에 돈을 쏟아붓는지 설명해준다. 인지를 바탕으로 판단을 내려야 하는 곳에서도 단순노출 효과가 활용되고 있음은 연구를 통해 입증되었다. 어떤 학교에 들어갈지부터 어떤 주식 종목에 투자할지, 어떤 사람과는 끈끈한 관계를 맺을지, 반대로 첫인상이 나빴던 사람에게는 부정적인 감정을 점점 더 강하게 느끼는 것에 이르기까지 모든 일에 단순노출 효과가 적용된다.

그렇다면 이 효과와 우리의 초고는 어떤 관계가 있을까?

작가가 된다는 것이 어떤 의미인지, 그 의미가 집필 중에 느끼는 기분에 어떤 영향을 미치는지 생각해보자. 그중에는 단순노출 효과의 영향력이 미치는 감정도 있을 것이다.

이를테면 누구나 '진짜 작가'란 스티븐 킹 비슷한 사람이라고 여긴다. 우리는 스티븐 킹처럼 매일 방 안에 틀어박혀 글을 쓰는 작가들에 대한 이야기를 얼마나 많이 들었는가. 또 작가란 이렇게 생활해야 한다는 이야기는 얼마나 많이 들었는가. 글쓰기 작법서나 블로그 등을 읽어보았다면 아마도 수십 번도 더 들었을 것이다. 글쓰기가 어떤 것인지, 우리 뇌의 글쓰기 영역은 어떤지에 관한 우리의 믿음은 그것을 '진실임이 분명하다'고 머릿속에 박힐 만큼 많이 들어서라고 나는 생각한다.

단순노출 효과는 진실 착각 효과illusory truth effect와 무척이나 가까운 관계에 있다. 진실 착각 효과란 반복하여 노출된 정보를 올바르다고 믿는 성향을 말한다. 연구자들은 어떤 것이 진실인지 아닌지 판단할 때 우리가 두 가지 조건에 기댄다는 점을 알아냈다. ① 그 정보가 자신이 이미 알고 있거나, 이해하고 있거나 경험한 것과 일치하는지 ② 그 정보가 익숙하다는 느낌을 주는지 여부다. 여러분이 경험으로 아는 내용과 그동안 지겹도록 반복하여 보거나 들은 내용이 상충하는 경우 어느 것을 우선시할 것 같은가? 많은 연구가 합리적인 판단보다 익숙함이 우선한다는 사실을 보여준다.

이제 초고 쓰기 이야기로 돌아가면, 여러분은 두 번 충격을 받게 될 가능성이 크다. 한자리에 앉아서 글을 쓰는 일이 얼마나 힘든지 체험으로 깨닫고(그리하여 내면의 비평가가 고개를 절레절레 흔들면서 "네가 진짜 작가는 아니지 않느냐"라고 말할 것이다), 우리가 알 만한 작가들은 스크루지 영감의 노예처럼 빡빡한 집필 일정을 따른다는 말이 떠오를 것이다.

그럼 이제 자신에게 작가란 어떤 존재인지, 자신이 초고를 어떻게 써야 할지 어떻게 알아낼 수 있을까?

가장 쉬운 방법은 그동안 작가와 글쓰기에 대해 들은 모든 추측을 시험해보는 것이다. 그 추측들은 단순 (과다) 노출을 통해 당신의 믿음 체계에 뿌리박힌 것으로서 틀린 내용일 가능성이 높다.

(다음번에 외출을 해서 배가 고플 때면 방금 언급한 심리 현상들을 떠올리고, 전에 본 적 없는 레스토랑을 선택해보라. 새로운 경험을 하면서 즐거워질 것이다.)

이 연습 문제를 통해 당신은 글쓰기와 작가, 편집 전의 원고가 어떻게 가다듬어져야 하는지에 관한 자신의 추측을 시험해보게 될 것이다. 몇 가지 질문에 답변을 하고, 자신이 진실이라고 '알고 있는' 내용을 써라. 그러고 나서 이 같은 추측들을 분석하여, 자신이 진실이라고 여겼던 말들이 어디에서 왔는지 확인해보라. 당신이 믿기로 결정한 것(이를테면 '작가는 모두 글을 쓴다')은 모두 진실이다. 그러니 그 진실이 바뀔 수 있다고 증명된 실제 사례를 찾아보라(이를테면 '어떤 작가들은 초고를 직접 쓰지 않고 구술했다').

☑ STEP 1

다음의 질문에 대답하라. 단, 대답에 20초 이상 걸려서는 안 된다. 알람을 설정해두면 도움이 될 것이다. 각각의 질문 옆이나 아래에 2단계 문제의 답을 쓸 공간을 좀 비워둬라.

- 어떤 작가가 되고 싶은가? 누가 바로 떠오르는가?

- 작가가 되려면 무엇이 필요할까?

- 작가가 되려면 무엇을 해야 할까?

- 작가란 일반적으로 어떠하다고 생각하는가? 어떤 단어가 떠오르는가?

- 초고가 어느 정도나 훌륭해야 할까?

- 전업 작가의 삶은 어떠할까?

- 성공한 작가들이 공통적으로 지닌 특성은 무엇일까?

STEP 2

1번 질문의 각 답변 각각에 다음 질문을 해보자. (단, 당신이 상상하는 작가에 대해 묻는 첫 번째 질문은 제외한다.)

- 그 같은 믿음은 어디에서 유래한 것인가?

STEP 3

질문과 답을 하나씩 살펴보고 무엇을 믿을지 결정하라.

- 먼저 자신의 믿음이 진실인지 따져보라.

- 지금까지의 믿음이 진실이 아니라면, 그 대신 무엇을 믿을 것인가?

자기대화의 과학

05

"당신의 삶을 결정하는 것은 당신의 입 밖으로 나오는 말이 아니다. 스스로에게 속삭이는 말이 가장 힘이 세다."

_ 로버트 기요사키|Robert T. Kiyosaki

많은 자기계발서가 큰 목표를 달성하려면 스스로에게 긍정적인 확언을 하고, 되고 싶은 사람이 된 자신의 모습을 상상해보라고 말한다. 여러분 역시 수십, 수백 번 비슷한 말을 들었을 것이다. 큰 꿈을 품었지만 아직 달성하지 못한 상태라면 수도 없이 들었을 것이다. 자, 그래서 얼마나 충실히 그 지시를 따르고, 다음과 같은 확언을 써봤는가?

- 나는 작가다.
- 내 이야기는 가치가 있다.
- 이 이야기를 이런 방식으로 풀어나갈 수 있고, 가장 잘 쓸 수 있

는 사람은 나밖에 없다.

- 나는 매일 조금씩 더 잘 쓰게 될 것이다.
- 나는 오늘도 쓰고, 매일같이 쓸 것이다.
- 나는 퇴짜를 맞아도 굴하지 않을 만큼 강하다.
- 나는 나 자신을, 내 이야기를 믿는다.

그러다 우리는 결국 실패하고, 또 실패하고는, 마침내 긍정적인 확언이나 작가가 된 본인을 상상하는 것이 자신에게는 효과가 없다고 판단하기에 이른다.

작가가 되겠다는 꿈을 취소하고, 확언과 상상의 힘에 대한 믿음을 버리기 전에, 내게 딱 5분만 달라. 글을 쓰겠다는 야심 찬 목표를 달성하게 도와주는 완벽하고 영감을 불러일으키는 확언을 작성할 방법이 있다.

일인칭 문장 vs 이인칭 문장

96퍼센트의 성인(그리고 전 세계적으로 유명한 호빗 한 명)은 소위 사회과학자들이 말하는 '자기대화 self-talk'라는 걸 한다. 스스로를 격려할 때, 일인칭(나) 화법을 사용하는 사람도 있고, 이인칭(너) 화법을 사용하는 사람도 있지만, 비교적 최근까지 연구자들은 일인칭 자기대화와 이인칭 자기대화 간의 차이를 구별하지 않았다.

우리가 왜 자기대화를 하는지, 또한 자기대화가 마인드셋이나 생산성 등에 어떤 영향을 주는지는 많은 연구가 이루어졌다. 하지만 2014년까지 "난 작가야"와 "넌 작가야"의 차이는 상세하게 연구되지 않았다.

〈행동 조절에 관한 내면의 연설〉*에서 연구자들은 우리가 어떤 '사람'과 자기대화를 하기로 선택하느냐가 성공에 영향을 미친다는 사실을 발견했다.

내가 접했던 대부분의 확언 방식은 일인칭인 '나'를 주어로 문장을 작성하라고 추천하지만, 이 연구는 자기통제** 및 자기조절***이 힘든 상황, 이를테면 의자에 엉덩이를 붙이고 단어를 써 내려가는 행위 자체가 힘들 때는 이인칭을 사용하는 것이 훨씬 더 효과적임을 보여준다.

- 너는 글쓰기에 전념할 것이다.
- 너는 집중력을 유지할 것이다. 너는 할 수 있다.
- 너는 마감일을 맞출 수 있다.

* Dolcos, S., & Albarracin, D., 〈The inner speech of behavioral regulation: Intentions and task performance strengthen when you talk to yourself as a You〉, 《European Journal of Social Psychology》, 44(6), 2014, pp.636-642

** self-control : 장기적인 보상 획득 혹은 처벌 회피를 위해 자신의 감정이나 행동 등을 조절하고, 눈앞의 쾌락을 미루는 것.

*** self-regulation : 외부 환경에 적응하고 자신의 목표를 달성하기 위해 스스로 계획, 생각, 행동을 관리하는 것.

이 방식이 효과가 있다고 믿는 이유 중 하나는 사회화 개념 때문이다. 우리는 자신에게 권위를 발휘하는 사람(부모, 교사, 상사 등)의 지시에 반응한다는 것이다. 따라서 자기 내면의 '너'를 부르면, 내면의 이인칭 목소리가 그동안 쉽게 무시되었던 일인칭 목소리보다 훨씬 강한 힘을 지니게 된다.

일인칭 이미지화 vs 삼인칭 이미지화

동기 부여의 말을 할 때 '너'를 사용하는 또 다른 방식이 있다. 외부인의 관점에서 자신의 행동을 이미지화하면, 즉 자신을 '너'로 바라보면 일을 완수하는 데 긍정적인 효과가 발휘된다. 2004년 미국 선거 당시 유권자들의 행동에 관한 연구에서 리사 립비Lisa Libby 등은 참가자들에게 두 가지 이미지화 방법 중 한 가지를 실행하게 했다.

1. 일인칭 시점에서 어떤 행동을 하는 모습을 머릿속에 그려보아라. 만일 그 사건이 실제로 일어난다면, 일인칭 시점으로 사건을 보아라. 다시 말해 자신의 눈으로 주변 환경을 바라보아라.

2. 삼인칭 시점에서 어떤 행동을 하는 것을 머릿속에 그려보아라. 만일 그 사건이 실제로 일어난다면, 삼인칭 시점에서 관찰자의 시선으로 사건을 보아라. 다시 말해 자신과 주변 환경을 영화의 한 장

면인 듯 바라보아라.

이미지화를 이용한 다른 실험도 이루어졌는데, 결과는 다음과 같다.

> 투표하는 모습을 삼인칭 시점으로 머릿속에 그려보는 일은 사전에 피험자들에게 상상한 행동을 하겠다는 강력한 마인드셋을 심어준다. 그리고 이 같은 자기 인식 효과는 행동으로 이어져서, 삼인칭 시점에서 투표하는 모습을 상상한 피험자들은 유의미한 수준으로 실제 선거 참여도가 높았다.

이 연구는 M.D. 스톰스M.D. Storms의 1973년 연구 결과를 뒷받침한다. '행위자의 관점보다 관찰자의 관점에서 볼 때, 행동이 행위자의 성격으로 인식되는 경향이 크다'는 것.

자신이 원하는 행동을 하는 사람으로서 스스로를 바라보는 것이 그 행동을 더 많이 하게 만든다. 그렇다면 글쓰기를 직업으로 삼는 경우, 작가로서 어느 시점—일인칭, 이인칭, 삼인칭—의 확언이 최선의 반응을 이끌어낼까?

연구자들은 다음과 같은 사실을 발견했다.

일인칭의 확언은 다음과 같을 때 가장 효과적이다.

- 자신이 하는 활동 혹은 달성하려는 목표에 긍정적인 감정을 가지고 있을 때

- 감정과 기분을 스스로 조절하려고 애쓸 때

이인칭의 확언은 다음과 같을 때 가장 효과적이다.

- 일이나 목표에 대한 부정적인 감정에서 자신을 떨어뜨려 놓아
  야 할 때
- 성과, 태도, 행위의 의도를 강화해야 할 때
- 자기통제나 자기조절이 필요한 행위 혹은 어려운 상황에 처했
  을 때
- 보다 폭넓은 시각이 필요할 때

삼인칭의 이미지화는 다음과 같을 때 가장 효과적이다.

- 자아상을 자신이 열망하는 행동에 맞춰 조정해야 할 때

당장은 자신에게 무엇이 필요한지 모를 수 있다. 다음 문제들을 시도해보라.

• 연습 1 | 일인칭 시점

2분간 알람을 맞추고, 일인칭 시점(나는~)에서 머릿속에 떠오르는 생각, 밖에서 들려오는 소리, 기분, 자신의 글이 어느 정도의 수준인지에 대한 생각, 자신의 글쓰기 습관 등을 자유롭게 써라.

• 연습 2 | 이인칭 시점

머릿속으로 자신을 바라보고 있다고 상상해보자. 2분간 알람을 맞추고, 이인칭 시점으로(너는~) 자신이 바라는 유형의 작가가 되려면 무엇을 해야 할지, 행동에 초점을 맞추어 자유롭게 써라.

• 연습 3 | 삼인칭 시점

멀리 떨어진 곳에서 자신의 모습을 관찰한다고 상상해보라. 혹은 존경하는 작가가 자신을 손가락으로 가리키면서 말하고 있다고 상상해보라. 2분간 알람을 맞추고, 삼인칭 시점으로(또는 원거리 이인칭 시점으로 '너'라고 해도 된다) 어떤 작가가 되고 싶은지, 태도와 가치 측면에 초점을 맞추어 자유롭게 써라.

• 연습 4 | 앞의 세 문제를 검토하라

어떤 확언 혹은 이미지화 방식이 지금 자신에게 가장 필요할 것 같은 느낌이 드는가, 혹은 그럴 거라고 확신하는가?

자신의 필요에 맞는 시점으로 확언의 문장을 써라. 혹은 이미지화해보라.

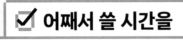 어째서 쓸 시간을
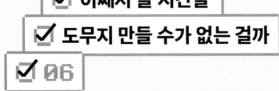 도무지 만들 수가 없는 걸까
 06

나는 직업상 전문 용어를 해석하여 보통 사람들에게 전달하는 작가로 살아왔다. 그 때문에 적확한 단어를 사용하는 걸 좋아한다. 언제나 가장 좋은 단어를 찾는 데 매달리는 건 아니지만, 단어란 내가 원하는 의미를 전달해야만 한다.

그래서 나는 한 번씩 이런 질문으로 주변 사람들을 돌아버리게 한다. "지금 넌 '저 운전자 미친 거 아냐'라고 말했는데, 저 운전자가 운전을 난폭하게 혹은 위험하게 했다고 말하고 싶은 거야, 아니면 그냥 저 운전자 때문에 네가 짜증이 났다는 뜻이야?" (내가 조수석에 앉아 있을 때는 그 상황을 보고 추측할 수 있거나, 90퍼센트의 경우 어딘지 모를 고속도로 한가운데에 있기 때문에 질문하지 않는다. 차에서 쫓겨나면 히치하이킹도 할 수 없는 곳이니까.)

이제 나는 당신이 운전하는 차에서 내던져질 위험을 감수하고 말하겠다.

당신은 글을 쓰는 데 "낼 시간을 찾을 수가 없어"라든가 "시간을 만들 수가 없어"라고 말한 적이 있는가? 그 말은 100퍼센트 옳기도 하고 100퍼센트 틀리기도 하다.

《해리포터와 아즈카반의 죄수》에서 헤르미온느처럼 동시에 여러 장소에 있는 마법을 부리지 않는 한 '시간을 만들' 수 있는 사람은 아무도 없다. 또한 시간은 소파 쿠션들 사이에 떨어진 집 열쇠처럼 '찾을' 수 있는 것도 아니다. 그런데 우리는 자신이 지긋이 앉아서 책을 쓰지 못하는 이유를 (대개 스스로에게) 설명할 때 이 같은 표현을 사용한다.

그런데 우리는 다른 영역에서는 '낼 시간을 찾는다'거나, '시간을 만든다'는 표현을 사용하지 않는다. 출근하기 위해 낼 시간을 찾을 수가 없다든가, 월급을 받는 일과 관련해 일할 시간을 만들 수 없다고 사장에게 말하는 직원은 없을 것이다. 출근해서 업무를 보는 일 같이 어떤 활동이 중요한 것이라면 우리는 그 시간을 일정에 넣어 둔다. 6시에 일어나서, 한 시간 동안 출근 준비를 하고, 또 한 시간 동안 통근을 하고, 게슴츠레한 눈에 멍한 표정으로 회사에 도착할 것임을 우리는 알고 있다.

당신은 글을 쓸 시간이 없어서 초고를 쓰지 못하는 것이라고 믿겠지만, 이는 대부분 그저 책 쓰기를 시작하는 위험을 감수하지 않으려는 변명에 불과하다.

솔직히 말해서 나 역시 편집이 가능한 원고를 완성하기 위해서는 시간을 확보해야 한다는 사실을 알면서도 왜 글 쓰는 시간을 일정표에 넣지 않는지 스스로 잘 안다. 그리고 그 이유는 여타의 작가들과 다르지 않다.

일단 글을 쓰기 시작하면, 그 글이 재미있거나, 지적이거나, 실용적이거나 멋지지 않다는 사실을 알게 된다. 그 사실을 알고 싶지 않은 것이다.

글을 쓰기 시작해서 1만 단어를 썼는데, 이야기 자체나 등장인물, 혹은 주제가 지루하기 그지없을까 봐 걱정된다.

내가 하고 싶은 이야기를 누군가 이미 다 썼을까 봐 걱정된다. 나보다 훨씬 경험이 풍부하고 글도 잘 쓰고 가방끈도 긴 작가가 이미 내가 하고 싶은 이야기를 다 썼을까 봐 걱정된다.

또한 마음속 어딘가에는 만일 내가 이 책을 써야 하는 운명이라면 분명 원고에 쉽게 집중하고 그 흐름을 탈 거라는 잘못된 믿음이 자리하고 있다.

이런 태도에는 사실 문제가 있다. 우리가 하는 생각은 결국 우리 자신에게 반영되고, 그리하여 현실로 나타나기 때문이다. 목표를 달성하는 자신의 능력을 어떻게 생각하느냐에 따라, 목표를 달성하는 데 들이는 시간이 정해진다.

초고를 성공리에 완성한 다른 작가들 역시 당신과 똑같이 (혹은 유사하게) 시간 압박을 느꼈을 것이다. 이를 생각하면, 우리가 시간에 대해 어떤 언어를 사용하느냐에 따라 현실이 바뀐다는 사실을 쉽게 알 수 있다.

인생에 글쓰기 시간을 포함하게
돕는 마중물

아담과 이브가 책을 쓰기로 결심했다고 해보자. 두 사람은 돌봐야 할 자녀들이 있고, 본업이 있으며, 글쓰기로 결심한 시점에는 글을 쓸 짬을 많이 낼 수가 없다.

매일 아담은 아침에 일어나서 책을 쓸 시간이 없다고 중얼거린다. 이브는 아침에 일어나서 바쁜 하루 중에도 글을 쓸 시간을 빼겠다고 말한다. 그녀는 그날 쓸 분량을 간신히 다 끝낼 수도 있고, 끝내지 못할 수도 있다. 어쩌면 그날 쓰겠다고 결심한 분량을 다 쓰기까지 몇 주가 걸릴 수도 있다. 하지만 그녀는 매일 아침 스스로에게 글을 쓸 시간이 있다고 말하고, 그 시간을 일정표에 넣는다. 반대로 아담은 여전히 자신에게는 글을 쓸 시간이 없다고 중얼거린다.

몇 주, 몇 달이 흐른다. 아담은 책을 쓰겠다는 생각을 그만두었을 수도 있다. 반면 이브는 초고를 어느 정도 진척시켰다. 그녀가 자신의 세계에 글을 쓸 일정을 넣겠다고 확언했기 때문이다.

글쓰기 일정을
잡는다는 것

심리학 박사 로버트 보이스Robert Boice는 직업적 삶의 대부분을 연구자로 활동하고, 대학 연구진들을 도우면서 보냈다. 그럼으로써 그는 보다 더 효율적으로 글쓰기를 할 수 있었다. 그의 연구 내용은 평생 벼락치기의 수호자인 내게는 썩 좋게 들리지 않았다. 나는 일정에 맞춰 글을 쓴다거나 일정을 반드시 준수하는 건 생산적이지도 않을뿐더러 창조적인 아이디어가 많이 샘솟지 않는다고 생각했다.

보이스는 주로 1980년대와 1990년대에 연구를 시행하면서 생산성과 창조성 사이의 연결성에 관한 통설을 뒤집는 데 선구적인 역할을 했다. 당시에는 창조성이란 내면에서 일어나는 동기이며, 즉흥적으로 발생한다고 믿어졌다. 알코올이나 마약이 창조성을 북돋운다고 믿던 이전 시대보다는 나은 접근 방식이기는 하다. 그리고 보이스가 말하는 '생산성'이란 '습관적으로, 그리고 필요하다면 강제로라도 글을 써야' 나오는 것으로, 내킬 때만 글을 쓰는 내 등골을 서늘하게 만든다.

초고를 완성하는 데 이 같은 내용을 어떻게 적용해야 할지 잘 모르겠다면, 내가 한마디로 정리해주겠다. 매일 달력에 책을 쓸 일정을 기입하고, 자리에 앉아서 글을 써라.

2018년에 나는 전업 작가가 되기 위한 온갖 소소한 일들에 보다 더 집중할 수 있도록 비즈니스 코칭을 받았다. 코치가 내게 시킨 첫 번째 일은 매일 하루에 한 가지 주제로 글로 쓰는 것이었다. 일주일 동안 매일 15분씩 시간을 늘렸다. 처음에는 힘들었지만 사흘이 지나자, 나는 어째서 그 전에 하루 여덟 시간씩 책상 앞에 앉아 있으면서도 헛수고하는 기분이 들었는지 알게 되었다.

자신에게 책을 쓰기 위해 빼둘 시간이 있을지 잘 모르겠다면, 이 연습은 시간이 있다는 사실을 증명해줄 것이다.

표를 하나를 만들라.

이 표를 계속 옆에 두고, 어떤 활동을 할 때마다 무슨 일을 언제 시작했는지 기록하라. 기록지를 통해 알아차린 사실이 제법 멋진가, 혹은 반대인가? 자신이 보통 어떻게 하루를 보내고 있는지 알겠는가? 이 질문의 답이 당신에게 도움이 될 것이다.

	날짜	한 일	시작한 시간	마친 시간
1	01월 04일	15분 글쓰기	오후 11시 15분	오후 11시 30분
2	01월 05일	30분 글쓰기	오전 6시 25분	오전 6시 55분
3	01월 06일	45분 글쓰기	오후 2시 10분	오후 2시 55분
4	01월 07일	60분 글쓰기	오전 9시 5분	오전 10시 05분
5	01월 08일	75분 글쓰기	오전 9시 00분	오전 10시 15분
6	01월 09일	90분 글쓰기	오전 9시 05분	오전 10시 35분
7				
8				
9				
10				

☑ '좋아, 그리고...'의 힘을 이용하기

☑ 07

"매일 자리에 앉아서 글을 쓰는 것, 이 간단한 일이 작가를 생산적으로 만든다."

_ 랠프 키스

《예스맨》이라는 책(영화)을 본 적이 있는가? 이 작품의 전제는 어떤 일이 제시되든 "좋아"라고 대답한다면, 삶이 더욱 흥미진진하고 충만해지리라는 것이다. 《예스맨》 이야기를 모른다고 해도 우리는 이 같은 행동이 어떤 역효과를 낼 수 있는지 쉽게 알 수 있을 것이다.

작가로서 우리에게는 "안 돼"라고 말하는 걸 배워야 한다고 느낄 만한 일이 많이 일어난다. 그렇지만 "안 돼"라고 말하는 순간 기분이 안 좋아지고, 결국 글쓰기에 부정적인 감정을 더하는 일이 발생한다.

이를테면 당신이 수요일 저녁에 원고를 쓰기로 했다고 하자. 그 일정을 달력에 기입하고, 해야 할 일을 다른 누군가가 대신할 수 있는지 확인하고 조율한다.

그리고 수요일 저녁, 친구에게서 전화가 걸려온다. 위급 상황이다. 그날 저녁은 글쓰기에만 전념하기로 일정을 비워두었다. 당신은 어떻게 할까?

우리는 이제 자신에게 "안 돼"라고 말하든가, 친구에게 "안 돼"라고 말해야 하는 선택의 기로에 놓였다. 대부분의 사람들이 둘 중 한쪽을 택해야 한다고 믿는다. 하지만 둘 다 "좋아"라고 할 수는 없을까? 왜 안 되는가?

배우가 연극 무대에서 새로운 지시를 받고 애드리브를 해야 하는데, "안 돼"라고 말할 수 없는 상황에 놓였다고 해보자. 그는 지시를 완전히는 거절하지 않고, '좋아, 그리고…'라는 식으로 새로운 아이디어를 받아들이고 다음 국면으로 넘어간다.

'좋아, 그리고…'의 행위를 하려면, 이따금 시간과 관련한 두 가지(혹은 그 이상)의 경쟁적인 선택 상황에 대한 생각의 틀frame을 바꾸어야 한다. 이를테면 샐리가 전화를 걸어서 "이런, 어째야 좋을지 모르겠어. 지금 회사에서 인원 감축 중이라 나 다음 주쯤에는 일자리를 잃을지도 몰라. 대화를 나눌 사람이 필요해"라고 말한다고 가정해보자.

당신은 펼쳐진 원고를 본다. 이번에 글을 쓰는 일정을 지키려고 사전에 다른 일정들을 모조리 조율해둔 상태다. 그것 자체도 쉽지 않았다. 그런데 이제 친구가 당신을 필요로 한다. 나갈 수가 없다고 말을 할 수가 없다. 왜냐하면… 당신을 책상에 붙잡아두는 건 당신 자신, 즉 친구가 지금 당장 당신을 필요로 하는 상황보다 자신의 이기적인 열망을 우선하겠다는 결심이기 때문이다. 원고는 당신을 오래 기다려왔다. 다른 날, 다른 주, 다른 달에 과연 이 원고는 어떻게 되어 있을까? 다시 일정을 짤 때에도 그 원고는 여전히 그 자리에, 그 상태로 있을 것이다.

당신이 "내가 이야기를 들어줄게"라고 말하고, 이제 60분을 친구를 돕는 데 사용한다고 하자.

이는 "좋아, 그런데… 난 너와 함께 있어주려고 나와의 약속을 깨뜨렸어. 괜찮아. 나보다는 네가 더 중요해"라고 스스로에게 말한 것으로 볼 수도 있다.

당신이 좋은 친구로 남는 동안, 이제 당신의 서로 다른 자아들이 대화를 시작할 것이다. 첫 번째 자아는 좋은 친구가 되어주었다는 데 자부심을 느낀다. 두 번째 자아는 당신이 자신을 한옆으로 밀쳐두었다는 데 상처받고 화가 나 있다. 최악의 경우 이렇게 말하는 자아도 있을 것이다. "이런! 이건 네가 절대 원고를 완성 못 할 거라는 증거야! 글쓰기를 피할 핑계 아니야?"

이를 '좋아, 그리고…'의 상황으로 바꿀 방법을 생각해낼 수 있는가? 친구와 당신 자신 모두에게 진실할 방법을 찾을 수 있을까?

"좋아, 내가 이야기를 들어줄게. 한 시간 후면 너에게 100퍼센트 집중할 수 있을 것 같아. 그때 내가 다시 전화해도 될까?" 이런 방법은 어떨까?

당신은 전화기를 비행기 모드로 바꾸고 한 시간 후로 알람을 맞춘다. 그럼 친구에게 전화를 해야 할 시간을 확인하고 걱정하느라 집중력이 흐트러지지 않을 것이다. 그리고 원고로 돌아간다. 이것이 '좋아, 그리고…'의 방식이다.

아니면 "좋아, 내가 이야기를 들어줄게. 그런데 지금은 10분밖에 시간을 못 내. 내일 점심 같이하자." 그러고 나서 10분 후에 통화를 마친다. 이런 방법은 어떤가?

집중력을 흐트러뜨리는 경쟁자가 외부의 방해물이 아니라 내부의 것, 당신 머릿속의 것이라면 어떻게 될까? 캘리포니아 대학 어바인 캠퍼스의 글로리아 마크Gloria Mark는 이를 연구하여 〈중도포기한 일의 비용The Cost of Interrupted Work〉이라는 보고서를 썼다. 48명의 피험자를 대상으로 초 단위로 활동을 추적하여 직장에서의 생산성을 살펴봤는데, 그녀는 집중력을 떨어뜨리는 방해물의 절반가량이 자기 자신임을 발견했다.

새로운 메시지가 들어왔을 때 컴퓨터에서 나는 '딩동' 소리는 조용하지만 주목하지 않을 수 없는 방해물이다.

"알림음을 꺼봐"라든가 "이메일 앱이나 문자 앱을 꺼봐" 같은 흔하디흔한 충고를 되뇌기는 쉽다. 그리고 사실 '꺼짐' 버튼을 누르는 일도 간단하다. 다만 그 일이 쉽지 않다는 것이 문제다. 수많은 작가가 그렇게 하지 못한다. 우리는 집중력을 떨어뜨리는 방해물들과 계속 접촉을 유지하여 스스로가 방해꾼이 되는 이유들을 잘도 찾아낸다.

이제부터 할 이야기를 들으면 최소한 스스로 방해꾼이 되는 걸 막을 수 있을 것이다. 마크의 말에 따르면, 하던 일로 돌아가서 방해를 받기 전의 집중 상태를 회복하려면 평균 23분 15초가 걸린다.

초고를 완성하는 데 시간이 더 많이 걸리는 것만큼 우리가 치러야 할 더 큰 대가는 없을 것이다.

〈중도포기한 일의 비용〉에 의하면, '20분만 업무 방해를 받아도, 스트레스 지수, 좌절감, 작업 부하, 노력, 압박감이 유의미한 정도로 올라갔다'고 한다.

이같이 의도치 않은 방해에 산만해지는 게 아니라, 업무 집중력을 유지하기 위해 중간중간 스스로 업무를 끊어주어야 할 필요도 있다. 죽을 때까지 집중력을 유지할 수는 없지 않은가. 이때 '좋아, 그리고…' 가 적절한 방해물의 역할을 할 수 있다. 한 가지 방법은 짧은 시간 동안 집중해서 글을 쓰는 것이다. 단거리 경주를 하는 것처럼 말이다. 이를테면 몇 분마다 잠깐씩 휴식을 취하는 포모도로 기법이 있다. 포모도로 기법은 25분간 업무에 집중하고, 5분 휴식을 취하는 것이다. 일부 연구자들은 집중력과 성과는 업무를 시작한 지 50~60분 이후부터 악화된다고 한다. 40분 간격으로 휴식을 취하는 것이 집중력을 유지하거나, 다시 업무로 돌아갔을 때 더 빠른 시간 내에 집중하게 해준다는 것이다.

이렇게 집중력을 완전히 발휘해서 일하기 위하여 알람을 20분에서 40분 사이로 맞추면 '좋아 그리고…'의 방식으로 이메일함이나 SNS에 새 업데이트가 있는지 없는지 궁금증을 달랠 수도 있다. '알람이 잠깐 쉬어도 된다고 말해줄 때까지 완전히 집중해서 글을 쓸 거야. 그러고 나서 10분 동안 이메일이나 SNS를 확인할 거야. 그러면 새로운 소식을 놓칠까 봐 걱정하지 않아도 되겠지.'

나는 이 방법을 사용하여 이메일에서 완전히 신경을 끊는 법을 배웠는데, 이따금 다시 이메일 앱을 켜는 걸 며칠씩 잊고 지내기도 한다. 직장에서 자신의 업무 집중력을 높이려고 중간 휴식을 나에게 의지하는 남편에게는 유감이지만 말이다!

글을 쓰는 데 완전히 몰두해 있을 때 어떤 방해물이 끼어드는지 모조리 생각해보라.

누군가 당신이 글을 쓰고 있는 조용한 방의 문을 벌컥 열어젖혀서 흐름을 깨지는 않는가? 자녀가 당신을 졸졸 쫓아다니면서 잃어버린 레고 조각을 찾아달라고 하지는 않는가? 모니터에 갑자기 훅 나타난 이메일 알림창이 '잠깐 확인해볼까?'라는 핑계가 되어주지는 않는가?

스스로 글쓰기 일정을 포기하고 다른 일을 한 적이 있는가? 있다면, 무엇 때문인지 모조리 써라. 방해자가 다른 사람이든 자기 자신이든 상관없다.

따로 빼둔 글쓰기 일정을 방해할 법한 일들을 모조리 떠올려보고 적으라.

이제 이 같은 방해물들 하나하나에 대해 '좋아, 그리고…'의 방법을 활용한 대책을 적어보라. 죄책감 없이 자신을 위해 시간을 사용하면서, 동시에 방해자에게도 신경을 써주는 방안이 무엇일지 써보라. 특히 스스로가 최악의 방해꾼일 때 이 방법을 활용해보라.

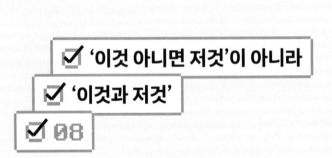

☑ '이것 아니면 저것'이 아니라

☑ '이것과 저것'

☑ 08

"언제나 다른 선택지가 존재한다. 언제나 다른 것이 존재한다. '이것' 아니면 '저것', '달' 아니면 '태양'이 아니다. 한숨을 쉬고 두 가지 역경 중 훨씬 덜 힘든 일, 혹은 조금 덜 힘든 일을 선택하지 마라. 선택지 너머에 있는 크고 밝게 빛나는 별들을 찾아보아라."

_ 리셸 E. 굿리치Richelle E. Goodrich

언뜻 보면 '이것과 저것'은 '좋아, 그리고…'와 비슷하게 느껴지지만, 글쓰기 시간을 관리하는 방법으로는 매우 다르다. '좋아, 그리고…'는 글쓰기 시간을 보호하기 위해 경계를 설정하는 것이고, '이것과 저것'은 여타의 활동들을 한데 묶어서 집필 작업과 타협할 수 없는 활동들을 계층화시킨다.

뭔가 그럴듯하게만 말한다고 여겨질 수도 있지만, '이것과 저것' 방식은 실제로 내게 인생에 대한 접근 방식을 바꾸어주었다. 이 모든 일은 디저트에서 시작되었다.

내 남동생 데릭은 이것과 저것 접근법의 명수다. 멋져 보이는 두 가지 선택지 사이에서 고르라고 하면, 그는 언제나 "왜 이거 아니면 저걸 골라야 해? 이것과 저것, 둘 다 하면 안 돼?"라고 묻는다. 데릭은 한동안 우리 가족과 함께 살았는데, 당시 한 주에 닷새는 저녁 식사를 만들어 집안일을 도왔다. 어느 날 저녁 그가 말했다. "디저트를 만들고 싶은데, 뭐가 좋겠어?"

"엄마표 브라우니나, 데릭표 사과칩." 내가 대답했다.

데릭은 말했다. "왜 브라우니랑 사과칩 둘 중 하나여야 해? 둘 다 하면 안 돼?"

그날은 어느 때보다 멋진 디저트의 날이었다. 그리고 집에서 재미있는 일들이 여럿 벌어질 때 어떻게 생각해야 하는지 새로운 사고방식을 갖게 된 때였다. 새로이 터득한 '이것과 저것' 의사 결정법으로, 우리 식구들은 이제 모두가 케이크를 먹는 방법에 대해서만 의논한다. 먹지 않을 케이크에 대해 이야기해서 뭐 하겠는가? 우리가 내는 아이디어는 종종 허무맹랑하거나 불가능한 일인 경우도 있다. 하지만 모두가 승리자가 되자는 믿음으로, 우리는 대개 모두가 필요한 일과 하고 싶은 일을 하는 방식을 찾아낸다.

두 가지 디저트를 다 먹는 방법은 내 작업에도 쉽게 적용할 수 있다. 내가 코칭했던 작가들은 모두 각자의 책임이 있었고, 거기에서 발생하는 여러 가지 일을 조율해야 하는 상황이었다. 이를테면 일과 육아, 노부모 돌봄과 배우자와의 시간 사이에서 둘 다 혹은 둘 중 하나를 선택해야 했다. 이처럼 경쟁적인 역할로 인해 시간 제약을 받지 않는 작가는 한 번도 본 적이 없다.

자, 시간 여유가 없는 하루에서 일정을 조정하는 데 '이것과 저것'

방식을 어떻게 적용할 수 있을까? 첫 번째, 하루 동안 당신이 하는 모든 일을 적어보라.

그러고 나서 다음과 같이 질문하라. "이 일도 하고, 집필도 하려면 어떻게 해야 할까?"

구체적이고도 폭넓게 생각하는 것을 연습해보자.

당신이 매일 30분씩 통근을 한다고 해보자. 대부분의 사람들이 "집필할 시간이 없어"라고 말할 때, 그 시간은 하루에 한 시간 정도다. 분명 운전대를 잡고 원고를 타이핑할 수는 없다. 그러나 좀 넓게 생각하면, 집필 작업을 진척시키기 위해 할 수 있는 일들은 많이 존재한다.

만약 출퇴근 시 운전하는 대신 대중교통 수단을 이용한다면 노트북 컴퓨터나 태블릿으로 원고를 작성할 수도 있다. 이제 통근도 하고, 집필 작업도 할 수 있게 되는 것이다.

꼭 자가용으로 통근할 수밖에 없는 상황이라면 어떨까? 운전을 하면서 글쓰기나 작가들에 관한 팟캐스트를 들으며 영감을 얻을 수도 있고, 당신이 쓰려는 장르의 오디오북을 들으면서 집필 기술을 습득할 수도 있다. 출근하는 30분 동안 아이디어가 딱 하나 떠올랐다고? 그 한 가지 아이디어가 도약대가 되어 더 많은 단어를 작성하고, 이야기를 지을 수 있다.

당신은 출근을 하지 않는다고? 그렇다면 당신은 부모이자 집 안의 요리사일 수도 있고, 쓰레기 분리수거 담당이며, 아이들의 운전기사고, 치어리더이며, 깨끗한 속옷을 입힐 책임자일 수도 있다. 이런, 게다가 당신에게는 본업도 있다. 당신의 일정에서 '이것과 저것' 방식을 어떻게 활용할 수 있을까? 이미 이것을 하고 있는데, 집필 작업은 어떻게 포함시키며, 동시에 또 다른 일을 할 수 있을까?

축구 연습장에 앉아 응원하면서, 혹은 방과 후에 아이를 차로 데리러 가서 기다리는 동안 받아쓰기 앱 같은 것을 이용해 글을 '쓸' 수 있지 않을까?

시간을 잘게 쪼개는 일도 생각해보라. 이를테면 10분 단위로 말이다. 샤워를 하면서, 동시에 당신 이야기의 여주인공이 이웃의 샴푸 병 속에 올리브 오일을 담아두는 장면을 구상할 수 있지 않을까?

마트에서 장을 보면서, 다른 사람들이 비웃거나 말거나 휴대전화의 녹음 기능을 이용하여 이야기의 아이디어나 장면을 기록해둘 수 있지 않을까?

부모님 댁을 방문해서, 엄마가 텔레비전을 보는 동안, 혹은 당신에게 직장 생활은 어떠냐고 말을 걸지 않는 동안에 타이핑을 하거나 메모를 할 수 있지 않을까?

종이에 글씨를 옮길 수 없을 때(혹은 녹음 기기를 사용할 수 없을 때)에도 집필 작업을 할 수 있다. 이따금 두 개의 인생을 사는 것 같은 일정을 소화할 때, 직접 원고를 작성하지 않지만 글쓰기 기술을 연마하게 해주는 활동들을 통해 스스로 자신감을 갖는 것이 중요하다. 하루 동안 초고를 완성하는 데 필요한 시간을 어떻게든 마련할 수 있다고 긍정적인 마음가짐을 유지하는 것도 중요하다.

6장의 연습 문제를 풀었는데, 왜 글을 쓸 시간을 만들지 못하는가. 당신에게는 이미 하루 혹은 일주일 동안 '이것과 저것'을 할 시간을 내는 데 필요한 정보가 다 있다. 아직 6장의 연습 문제를 풀지 못했다면, 그 부분을 먼저 풀기를 권한다. 다 풀었는데도 일주일 동안 10분의 시간도 따로 빼지 못한다면, 해야 할 일과 집필 작업을 다 하지 못한다면, 지금은 초고를 쓰기에 적당한 때가 아닐 수도 있다.

삶에는 '때'라는 게 있다. 중요하지만 당장 하지 않아도 되는 일은 당분간 한옆에 치워두어야 한다는 사실을 받아들여야 할 때도 있다.

일정표에 해야 할 일과 집필 작업 모두를 넣을 수 없다는 것과, 시간이 없다고 판단하는 것은 다르다. 자신이 어떤 상황인지 잘 모르겠다면, 지금은 이 부분을 건너뛰고 계속 책을 읽어나가라. 그리고 준비가 되었을 때 이 장으로 돌아오라. '이것과 저것' 방식을 사용해도 일정을 만들 수 없는 게 확실해지면, 이 책을 내려 놓고 삶의 균형을 찾을 수 있게 도와줄 책을 한 권 사보라. 농담이 아니다.

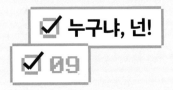 누구냐, 넌!

09

"당신이 글을 쓸 때 반복적으로 나타나는 주제가 당신의 강점이다. 당신에게 중요한 주제, 당신 인생에서 계속 나타나는 주제, 당신을 깨어 있게 하는 주제, 이러한 주제들은 일상에서는 약점으로 여겨질 수도 있지만, 글쓰기에서는 개인 금광과도 같다. 당신에게 중요한 주제, 문제의식을 가지고 감정을 폭발시켜라. 그것을 쓰기 시작하면, 열정, 책임감, 목적의식을 일깨우는 이야기를 쓸 수 있게 될 것이다."

_ 로라 베이커Laura Baker

(WriterUniv.com의 글쓰기 강사, 2019년 1월 14일 작가에게 보낸 이메일 중에서)

작가들은 종종 머릿속에서 여러 가지 목소리가 들린다는 농담을 한다(또한 같은 내용으로 놀림당하기도 한다). 집중을 하면 등장인물들의 목소리가 들려오기도 하고, 이따금 정말로 운이 좋으면 등장인물들이 자기가 원하는 이야기를 들려주며 지시를 내리기도 한다.

그중 적어도 하나 정도는 비판적인 목소리다. 우리는 그 목소리를 알고 있다. 그 목소리는 당신에게 무엇을 하는 것이 훨씬 나은지, 대체 왜 작가가 되겠다는 바보 같은 꿈을 꾸느냐면서 어째서 그 꿈을 한켠으로 밀어두는 게 현명한지 등 청하지도 않는 조언을 해댄다.

이미 출간 경험이 있고, 작가라는 자랑스러운 이름표를 달고 있는 작가들 역시 이 목소리에서 벗어나지 못한다. 당신이 어떻게 노라 로버츠®처럼 훌륭한, 부유한, 성공한, 다작하는, 멋진 작가가 되지 못하는지로 잔소리 내용이 바뀔 뿐이다.

몇 권의 책을 펴냈든 모두가 이 같은 목소리를 듣는다.

'다중 자아multiple self' 관련 연구에 따르면, 누구나 내면에서 재잘거리는 수많은 목소리를 가지고 있다. 그 목소리 중 하나에 이름을 지어주고 생명을 주는 것이 이번 장에서 풀어야 할 연습 문제다.

14장 '목표 설정 vs 범주 및 방향성 있는 계획'에서 설명하겠지만, 누구에게나 시간은 유한한 자원이며, 우리는 각자 다른 방식으로 시간에 대응한다. 이때 준거는 '해야 하는 일'이 된다.

당신이 자녀를 기르고 있고, 아이가 방과 후 체육 활동을 하는데, 주중에는 매일 아침 6시에 연습이 있어서 차로 데려다줘야 한다거나, 4월부터 10월까지 매주 토요일에는 오후 내내 경기를 참관해야 한다고 하자. 일주일 내내 운전기사 역할이나 응원단장 역할이 하고 싶을까? 어떤 날은 그럴 것이다. 그래도 매일 그렇지는 않을 것이다.

그러나 하기 싫은 날도 당신은 그 일을 한다. 책임을 끝까지 다한다. 당신이 자녀의 취미 활동을 지지해주는 부모기 때문이다. 이것은 당신이 어떤 사람이고, 당신이 자신을 어떻게 규정하는지에 대한 조각 하나다.

● Nora Roberts, 140여 권의 로맨스 소설을 집필했으며, 많은 작품이 《뉴욕 타임스》 베스트셀러에 오르고 영화로 제작되었다. 국내에는 《게임의 여왕》《버지니아의 비밀》《할리우드의 유혹》 등 할리퀸 로맨스 시리즈로 많이 소개되었다.

자녀가 없다 해도 자신이 운동을 하거나 시간이 드는 (늘은 아니지만 이따금) 진지한 취미 생활을 할 수도 있다. 토요일 오전 조기 축구회에 가야 한다는 건, 금요일 저녁에 친구들과 한잔하러 나갈 수 없다는 말이다. 따라서 당신은 집으로 가는 걸 우선한다. 푹 자고 다음 날 경기를 치러야 하기 때문이다.

이것이 초고 작성과 어떤 관계가 있을까? 좋은 질문이다. 그리고 대답하기 쉬운 질문이다. 신경과학적 관점에서 말이다.

2000년 동안 불교 승려들은 자아란 불변의 것이 아니라고, 아니 영원한 것은 아무것도 없으며, 모든 것은 시간의 흐름에 따라 변화를 겪는다고 말했다. 또한 최근 브리티시컬럼비아대학의 교수이자 연구자인 에번 톰슨Evan Thompson은 뇌의 신경가소성**이 우리를 끊임없이 진화시키고, 바라는 사람이 되게 해준다고 말한다.

요가나 명상 등으로 불교 이론을 접해본 적이 있는 사람이라면 승려들의 말이 새롭지 않을 것이다. 하지만 톰슨이 발견한 신경과학적 증거는 새로울 것이다.

> "신경과학적 견지에서 뇌와 신체는 항상 변화하고 있다. 자아가 고정 불변의 것이라는 감각적 증거는 존재하지 않는다."

좋은 소식은, (명확히 눈에 띄는 것은 아니지만) 우리의 뇌는 끊임없

●● neuroplasticity, 학습이나 환경 변화 등에 따라 손상된 뉴런이 재생되거나 회복하고, 비활성화 상태의 시냅스가 활성화되고, 뉴런 사이의 연결이 이루어지는 등 신경계의 기능 및 구조가 변화하는 현상.

이 추가되고 삭제 중인 자아 목록에 '작가의 자아'라는 새롭고 생산
적인 것을 더할 준비가 되어 있다는 사실이다.

이번 연습 문제는 '앉아서 생각해봐야' 하는 종류의 것이 아니라 가장 먼저 떠오르는 것을 쓰는 문제다. 틀린 답은 없다.

• 1단계 | 당신은 어떤 사람인가

알람을 2분으로 맞추고, 다음의 질문에 가능한 한 많은 답을 쓰라. 나는 2분 동안 이렇게 적었다.

1. 작가

2. 공감 능력이 뛰어나다

3. 유쾌하다

4. 창조적이다

5. 키가 크다

6. 새치가 있다

7. 아내

8. 엄마

9. 글쓰기 코치

10. 동정심이 많다

11. 냉소적이다

12. 중년 여성

13. 퀘벡 사람

14. 무신론자

15. 사업가(동업 중)

16. 전문적이다

17. 완벽주의자

18. 헌신적이다

• **2단계** | 자신이 규정한 자아들을 분류하라

1단계에서 적은 단어는 모두 당신이 스스로를 규정하는 방식이다. 이때 당신이 스스로를 생각하면서 적은 단어는 각각 특정 범주로 분류할 수 있다. 이제 각 단어들을 범주화해라.

먼저 엄마, 여동생, 딸, 목공예가, 계산원, 자원봉사자 등 사회적 역할과 관계된 단어를 종이 상단에 다시 써라.

내 경우 '작가', '아내', '엄마', '비즈니스 파트너', '글쓰기 코치'를 적을 수 있다.

다음으로 성격적 특성과 관계된 단어를 모두 고른 뒤 사회적 역할 아래에 적절하게 써넣어라. 이를테면 '꼼꼼하다'라는 단어는 목공예가나 계산원 항목에 어울릴 수 있다.

내 경우 '헌신적이다', '완벽주의자', '전문적이다', '냉소적이다', '동정심이 많다', '창조적이다', '유쾌하다'를 골랐다.

이제 남은 단어는 무엇인가? 이제 적갈색 머리, 키가 크다, 귀가 잘 안 들린다 같은 신체적 특징을 언급하는 단어가 몇 개 남았을 것이다. 이 단어 중 사회적 역할과 직접 연결되는 것이 있다면, 역할과 성격 아래에 그 단어를 써넣어라. 신체적 특징과 사회적 역할 사이에 직접적인 연결고리가 없다면 그냥 넘어가도 된다.

내 경우 신체적 특징과 관계된 단어는 '키가 크다', '새치가 많다'이다.

마지막으로 심리학자들이 '존재적 진술'이라고 부르는 분류 ― '나는 인간이다', '나는 우주적 존재다' 같은 ― 에 속하는 단어가 있다면, 그것은 신체적 특성으로 취급하라. 그 단어들에 부합하는 사회적 역할이 있는 것 같다면 그 아래 기입하라. 그렇지 않다면 넘어가도 된다.

내 경우 존재적 진술은 '중년 여성', '무신론자', '퀘벡 사람', '공감 능력이 뛰어나다' 다.

사회적 역할과 관련한 단어들은 자아상이라고도 할 수 있다. 이러한 자아상은 우리가 스스로를 어떻게 생각하는지 보여주며, 하루하루의 삶을 어떻게 관리할지 결정한다. 따라서 이제 질문은 '당신의 자아상에 '작가'라는 단어가 있는가?'이다.

없다고? 이것은 좋은 소식이다. 당신이 어째서 글을 쓰는 데 집중하기 어려운 지에 대한 답이 여기에 있기 때문이다.

당신이 자신을 '작가'라고 적었는데, 그것이 지금까지 우리가 작가로서의 자아 에 대해 이야기를 나눈 결과라면, 칭찬한다. (제다이의 마인드 트릭이 잘 먹혔군!)

지금까지 상당 시간 동안 '작가'로 자신을 규정해왔다면, 축하한다! 당신은 가 장 중요한 토대를 이미 쌓아놓았다.

• 단계 3 | 자신의 작가적 특성을 규정하라

다음 단계는 당신이 지닌 작가적 특성을 규정하는 것이다.

자신의 작가적 특성을 규정하는 건, 작가가 되고 말겠다는 당위성이 다른 욕 망에 잠식당했을 때 이점으로 작용한다. 우리는 자신에게 작가적 자아, 즉 작가 적 특성 몇 가지가 있다고 기대하는데, 그것만큼 다른 자아의 욕망도 중요하게 여긴다.

나는 작가들에게 자신의 작가적 특성을 규정해보라는 연습 문제를 낸 적이 있 다. 그랬더니 '상업적'에서부터 '작가주의자'에 이르기까지 굉장히 폭넓은 범주 에 속하는 단어들이 튀어나왔다. 이 단어들은 간단하지만 사실 굉장히 풍부한 의 미를 지니고 있다. 다시 말해 이들이 어째서 매일은 아니더라도, 스스로 작가라 고 지칭할 만큼의 시간 동안 글을 쓰고 있는지에 관해 깊이 있는 이야기를 전하 기 때문이다.

이를테면 자신의 작가적 특성을 '상업적'이라고 쓴 작가는 먹고살기 위해 글을 쓴다는 사실을 보여준다. 소설을 쓰든 논픽션을 쓰든, 그것이 그의 주요 수입원인 것이다. 이 같은 사실은 자신의 주요 자질을 '작가주의자'라고 언급한 작가와는 무척이나 다른 방향의 글쓰기를 하게 만든다.

조그마한 출판사들에서 두 권의 소설을 펴낸 한 작가는 약간의 농담을 섞어 '실패한'이라는 단어를 사용했다. 농담 속에는 종종 일말의 진실이 들어 있다. 특히나 자신에 대한 농담에는 더욱 그렇다. 그 단어 이면의 의미를 더 깊이 이야기하게 하자, 그는 자기 책이 편집비와 공모전 출품 비용도 상쇄하지 못할 만큼 수익을 내지 못했다고 설명했다.

자, 여기서 아주 중요한 문제는 그가 작가적 자질 중 하나와 소설로 돈을 벌겠다는 열망을 결부시켰을 때, 경제적 목표를 달성할 수 있느냐는 것이다. 경제적 관점이라면, 예컨대 '먹고사는 액수'의 의미를 정확하게 규정하면 목표를 설정하기가 한결 쉬워진다. 한 달에 1000달러가 필요한지, 일주일 혹은 하루에 1000달러가 필요한지 정하는 것이다. 그 밖에도 그가 쓰기로 한 장르라면 1년에 몇 권펴내야 하는지 등을 고려할 수도 있다.

이는 그가 작가로서 자신을 어떻게 표현하느냐에 영향을 미칠 것이다.

몇 년째 쓰려고 애쓰는 이야기가 하나 있다면, 먼저 그 이야기를 전하고, 앞으로 나아가는 것이 가장 간단한 방법이다.

이 경우 당신의 작가적 특성은 '열정적이다', '집중력 있다', '신망 있다' 정도로 표현할 수 있을 것이다.

반대로 당신 안에서 수많은 이야기가 관심을 끌려고 경쟁 중이고, 당신은 그 상황이 버겁다고 느낄 수도 있다. 그렇다면 '창조적이다', '집중력 있다', '포기하지 않는다' 같은 성격으로 작가적 특성을 표현하면 도움이 될 것이다.

이제 스스로의 작가적 자질 중 마음에 와닿는 단어는 무엇인지 살펴보라. 작가로서 자신을 어떻게 볼 것인가?

그 단어는 이미 앞 단계에서 작성했던 단어 목록에 있을 것이다. 원한다면 새로운 단어를 추가로 써넣어도 된다.

나는 다음과 같이 작성했다. 표로 작성하면 옆과 같다. 맨 윗줄에는 나의 다양한 자아상이, 왼쪽 열에는 그와 관련된 특성이 쓰여 있다.

작가 : 헌신적이다, 완벽주의자, 냉소적이다, 유쾌하다, 창조적이다

사업가 : 전문적이다, 창조적이다

글쓰기 코치 : 전문적이다, 동정심이 많다

아내 : 냉소적이다, 동정심이 많다, 유쾌하다, 정이 많다

엄마 : 동정심이 많다, 헌신적이다, 정이 많다

	작가	사업가	글쓰기 코치	아내	엄마
냉소적이다	○			○	
완벽주의자	○				
헌신적이다	○				○
창조적이다	○	○			
전문적이다		○	○		
동정심이 많다			○	○	○
정이 많다				○	○
유쾌하다	○			○	

_____ _____

_____ _____ _____ __

_____ _____

_____ _____

_____ ___ _____ _____

"나는 내가 알지 못하는 것을 그동안 써보지 않은 방식으로 쓰고 싶다. 검열관이 등장하기 전에 잽싸게 써야 한다. 그래야 좋은 글이 될 통찰력과 단어가 생겨난다."

_ 도널드 머리

소설을 쓰기로 결심했을 때, 도무지 이해할 수 없었던 일 중 하나는 의뢰받은 논픽션 원고를 쓸 때는 그토록 쉽게, 술술 잘 쓸 수 있는데, 소설을 쓰려고 하면 책상 앞에 앉아 있기조차 너무 힘들다는 점이었다.

어쨌든 둘 다 단어를 쓰는 일 아닌가? 소설 초고의 첫 단어를 쓸 당시 나는 이미 지난 15년간 글을 쓰는 사람이 되기 위한 대가를 치른 상태였다. 나는 이야기를 쓰는 것이 전혀 어렵지 않다는 자신감과 오만함으로 충만해 있었다.

하지만 이내 무언가가 잘못되었다는 것을 느끼고 초고를 다시 써야만 했다.

'좋아, 이번에는 이 방법으로 써보자' 하고 나는 다른 방법을 생각해내려고 했던 것 같다. 그리고 그렇게 했다.

대부분의 경우 첫 번째 시도에서 과녁을 맞추지 못하면, 두 번째 시도에서는 맞출 수 있었으니까. 의뢰받은 글을 쓸 때 나는 초고를 쓸 필요조차 없었다. 그냥 쓰면 되었다. 그래서 자신만만하게 첫 번째 소설 집필에 도전했는데, 곧장 내가 말도 안 되는 생각을 했음을 고통스럽게 깨달아야 했다.

대체 왜? 어째서지? 나는 그 답을 찾기 시작했다. 그리고 내면의 비평가에 관한 수많은 글을 읽게 되었고, 내게도 내면의 비평가가 존재함을 깨닫고 무척이나 놀랐다.

여러분 역시 내면의 비평가와의 부정적인 자기대화에 익숙하리라고 생각한다. 많은 작가가 코치의 도움을 받아 이 같은 목소리가 누구의 것인지 알아낸다.

그것은 초등학교 4학년 때 반 친구들 앞에 서서 '우리 가족'이라는 짧은 글을 낭독할 때 창피를 주었던 선생님의 목소리일 수도 있고, 집필을 하는 동안 당신에게 늘 잘못하는 거라고 지적하는 친인척이나 어떤 사람, 혹은 경험일 수도 있다.

일부 코치들은 사과하지 말고 부정적인 말을 지껄이는 그 사람을 내쫓아버리라고 권한다.

만약 내면의 비평가가
사라진다면

  내면의 비평가를 티끌만큼도 남기지 않고 싹 제거해버리고 싶은 가? 이 같은 소망을 조심하라.

  하이퍼그라피아●라는 심리 상태가 있다. 이 현상은 뇌의 전두엽과 측두엽 사이의 비정상적인 소통의 결과로 일어나는데, 다시 말해 측두엽이 마치 존재하지 않는 것처럼 반응한다. 하이퍼그라피아는 내면의 비평가가 살해당한 상태라고 볼 수 있다.

  작가의 전두엽이 뇌를 장악하고, 측두엽이 완전히 동작을 멈추면, 글을 쓰고 싶은 충동이 너무나 커져서 글을 쓰지 않고는 못 배기게 된다.

  그런데 이렇게 쓰나미처럼 튀어나온 단어들이 출판 가능한 수준이냐면, 그건 또 아니다. 그 단어들은 초고 수준일 뿐이며, 그저 그런 단어만 끝없이 계속 튀어나온다.

  물론 이 같은 증상을 이점으로 활용하는 사람들도 있다.

  루이스 캐롤, 아이작 아시모프, 대니얼 스틸, 조이스 캐롤 오츠, 그리고 우리에게 적어도 매일같이 네 시간은 집필을 해야 한다는 황금률을 주입시킨 스티븐 킹이나 노라 로버츠(실제로 이들은 하루 여덟 시간씩 집필한다) 같은 수많은 다작 작가가 하이퍼그라피아 증상을 앓았으리라 여겨진다.

● hypergraphia, 글을 쓰지 않고는 못 견디는 현상.

내면의 비평가를
사랑하기

작가로서 자기 머릿속에서 들려오는 목소리를 어떻게 다스리는 지에 대한 이야기로 돌아가자. 나는 하는 일이 어렵든 쉽든 상관없이, 내 뇌를 차지하고 있는 대상(사람이든 경험이든)에만 딱 초점을 맞추지 못한다. 그게 내 어려움이었다. 다행히 나는 지금까지 일해 오면서 격려받은 일들을 의식적으로 기억해낼 수 있다. 그 일을 타고난 재능으로 해치웠든, 열심히 노력하며 해냈든 간에 말이다.

20년간 심리 치료사로 일했던 작가 겸 글쓰기 코치 카미 오스트먼Cami Ostman을 만난 적이 있다. 카미는 카운슬링에 가족 체계 이론*을 접목했다. 내면의 비평가를 다루는 그녀의 방식은 내가 한 번도 경험하지 못한 방식이었지만, 내 마음에 와닿았다.

카미의 말에 따르면, 내면의 비평가의 많은 경고와 갖은 노력은 우리가 글을 쓰지 못하게 해서 우리 생활 자체를 망치는 게 아니다. 그 목소리는 삶의 어느 시점에서 (글쓰기와 전혀 관련 없는) 무언가로부터 우리를 보호하는 역할을 한다. 목소리의 의도는 선량하지만 조언은 잘못되었다. 하지만 이 목소리를 비난하면 역효과가 일어난다. 그 목소리는 우리의 일부며, 자기 뇌를 나쁘게 말하는 것은 결코 도움이 되지 않기 때문이다.

● family systems theory, 가족은 서로 정보를 유연하고 효율적으로 교환하는 체계로서, 서로 상호 작용을 하면서 변화한다는 이론.

카미의 방식에서 옳다고 느껴지는 점은 자기 연민에 초점을 맞추는 부분이다. 나는 창조적 글쓰기를 할 때 어째서 안절부절못하는지 그 원인을 아직 찾지 못했다. 하지만 더 이상 그게 중요하지는 않다. 나는 내면의 비평가의 역할과 그것을 없앴을 때의 부작용에 관한 경고를 듣고는 이제 비평가의 목소리를 흘려들을 수 있게 되었다. 다시 말해 글쓰기와 관련한 저항감이 본디 나를 도와주려는 시도에서 나온 것이며, 내 뇌에서 종이로 옮기려고 애쓰는 단어들과는 관계가 없다는 사실을 알았기 때문이다.

하지만 나는 아직도 세 살짜리 어린애들처럼 끊임없이 "왜?"라고 묻고 다니는 인간이다. 그래서 이 잠재의식적인 과정이 어떻게 이루어지는지 정보가 더 필요했다. 그러다 우리의 뇌가 두려움을 유발하는 환경에 어떻게 반응하는지에 관한 조지프 르두Joseph Ledoux 박사의 연구를 읽게 되었다. 이를테면 우리는 바닥에 깔린 먼지덩어리들을 거미로 인식해서 비이성적으로 이리저리 뛰어다닌다는 것이다. 어째서 글을 쓰려고 차분하게 앉아 있지 못하는지 우리는 그 이유를 백 개도 더 댈 수 있다.

인지된 위험이든 실제 위험이든, 그것이 물리적 위험이든 감정적 위험이든, 뇌의 처리 과정은 동일하다고 해도 과언이 아니다. 이 모든 일은 우리 뇌의 두 부분, 피질과 편도체 사이의 관계와 관련이 있다.

둘의 관계는 20장 '글이 막혀서 제자리를 맴돌 때'에서 더 자세히 살펴보겠지만, 일단 여기에서 말할 것은 우리 내면의 비평가의 경우 조심스러운(경고하는) 편도체가 주도권을 쥐고 있다는 사실이다.

집필 과정에서 편도체가 활성화되면, 편도체는 운전석을 점거하고 있으면서도 자신이 그저 조심스러운 훈수꾼임을 우리에게 알려 줄 만큼 머리가 좋다. 따라서 우리 이성적인 작가들은 자신이 어째서 글을 쓸 시간에 엉덩이를 붙이고 앉아서 글쓰기에 매진하지 않는지 그 이유를 설명하려고 애쓴다. 그리고 비평가가 고개를 끄덕일 이유를 찾아낸다.

'내가 책을 쓸 운명이라면, 지금 글을 쓰고 있겠지'라고 당신은 생각한다. 내면의 비평가도 동의한다.

'만 명 중 한 명도 달성하기 힘든 일을 할 만큼 나는 똑똑하지 않아' 라고 당신은 합리화한다. 내면의 비평가는 '편도체적으로' 고개를 끄덕인다.

이제 우리는 글을 쓴다는 목표가 어리석은 짓임을 확신하고, 일정표에 집필 시간을 집어넣을 여력이 없다고 납득하고 조율을 포기한다. 기분은 더 나아지고 이렇게 중얼거린다. "애들이 다 커서 집을 떠나고, 내가 은퇴하고 나면 시간이 생길 거야."

불행히도 외부적인 요인을 완벽히 통제할 수 있는 상황이라도, 내부적인 요인들이 여전히 영향력을 발휘한다. 바로 위협을 인지했을 때 뇌를 장악하는 성가신 변연계 시스템limbic system 때문이다.

따라서 미적대는 패턴을 깨기 위해서는 책상, 컴퓨터, 노트북 등에 다소 다르게 접근해야 한다. 장막 뒤에서 무슨 일이 일어나는지 새롭게 이해하고 글에 접근해야 한다는 말이다. 좋은 소식은 그것이 어째서 그런지 이해하지 않아도 된다는 점이다. 그저 이성적인 피질이 "행동해, 생각하지 마"라는 편도체에게 밀려났을 때 어떻게 행동할지만 알면 된다. 그렇게 하여 피질을 올바른 장소로 다시 보낼 수 있다.

우리는 '결정을 미루는 행위'를 '좋지 않게' 여긴다. 하지만 우리 모두 그렇게 하고 있다. 특히나 작가들은 미루기의 선수다. 얼마나 많은 작가 친구들이 자기 집은 마감 때나 마감이 아닐 때나 별 차이 없이 너저분하다고 말하는지 모른다.

미루기의 문제는 글을 쓰기로 예정한 시간에 글을 쓰지 않는다는 것이 아니다. 우리가 미루는 행동을 자책한다는 데 있다. 우리는 내면의 비평가에게 마이크를 넘기고 무대를 줘버린다. 그리고 비평가가 독백을 다 마치고 나면, 뇌의 이성적인 부분과 창조적인 부분이 동작을 멈추고, 제 기능을 못하고, 온갖 감정과 잡생각 들이 들끓게 된다.

이 같은 상황을 미연에 방지해야 한다. 방법 하나는 집필 습관에 대한 기준을 다소 완화하고, 그것을 어떻게 바라볼지 재정의하는 것이다.

생산적인 미루기

글을 쓸 시간이 되었다는 생각이 들면, 갑자기 주방을 깨끗이 치우고 싶은 열망이 불타오르곤 한다. (세 사람이 사는 집에는 언제나 치울 곳이 있다.) 주방 청소는 생산적이기까지 한 좋은 핑계기에, 나는 진행 중인 원고를 생각하면서 설거지를 하고, 조리대를 정리하고, 쓰레기통을 비운다.

하지만 이렇게 주방 요정으로 몇 달을 보내면 슬슬 화가 차오른다. 무의식적으로 청소를 하면서 의식으로는 내 원고를 생각하는 게 아니라, 왜 다 큰 성인 남자(남편)가 커피를 마지막으로 마시고 나서 커피 주전자를 설거지하지 못하는지, 어떤 방법을 써야 십 대 남자아이가 아침 식사를 한 그릇을 식기세척기가 아니라 조리대에 그냥 놓아두는 일이 얼마나 내 화를 돋우며, 네 살 때도 그러지 않았다는 사실을 납득시킬 수 있을지만을 생각하게 된다.

나는 뇌가 일할 준비를 하고 아이디어를 내도록 워밍업할 시간, 딱 10분만 생산적으로 미루는 방법을 찾아야 했다. 그러다 샤워를 하지 않은 어느 날, 샤워 시간이 창조적인 시간일 수 있음을 깨달았다. 작업 중인 원고와 관련한 생각을 활발하게 하는 건 아니었지만, 머리를 감는 행위에서 어떤 아이디어들이 나왔고, 그 아이디어들은 글을 쓰려고 앉았을 때 촉매가 되어 가치 있는 아이디어와 단어들을 끌어냈다. 그래서 나는 생산적으로 꾸물대고 싶을 때는 샤워를 하기로 했다. 주방은 내가 글을 다 끝낼 때까지 엉망진창인 상태로 내버려두었다.

그러다 언젠가 한 모임에 갔다가 다섯 명의 모임원 중 세 사람이 매일 '오전 글쓰기Morning Page'를 한다는 말을 들었다. 나는 매일 아침 다른 어떤 일을 하기 전에(이메일 확인도 포함된다) 글을 수기로 3쪽가량 쓰는 일을 시도해보았다. 《아티스트 웨이》의 줄리아 캐머런이 20년 동안 수없이 했다던 방법이다. 나는 일주일도 채우지 못했다. 하지만 2018년에 다시 도전했는데 그땐 무언가가 변했다. 계속하게 되었던 것이다.

재도전한 '오전 글쓰기'에서 달랐던 점 하나는 자유 글쓰기에 포모도로 기법을 접목한 것이었다. 다시 말해 25분간 알람을 맞춰 집중하고, 5분간 쉬었다. 3쪽을 쓰는 게 아니라 25분간 썼다. 나는 시간 압박, 시간 제약이 있는 경우 일이 잘되었다. 시간이 나의 매개변수라는 걸 알게 된 것이다. 대부분의 경우 나는 5쪽에서 6쪽 정도 글을 썼다. 이만큼 쓰고 나면, 바로 자리에서 벌떡 일어나서, 커피를 마시며 쉬고, 다시 30분 동안 초고를 작성하는 일로 곧장 돌아갔다. 이 방법은 마법 같은 효과를 냈다.

이것이 생산적인 미루기 방식이다. 내게는 그렇다.

어쩌면 당신에게는 15분간 뜨개질을 하는 것일 수도 있다. 악기를 연주하거나, 컬러링북을 색칠하거나, 잠시 산책을 하는 것일 수도 있다.

목표는 뇌가 할 일을 주는 것이다. 뇌에 투쟁, 도피, 혹은 경직 반응*을 촉발하지 않는 일, 두렵지 않은 일을 주어야 한다. 정서적, 감정적으로 안전한 장소에 있을 때, 두려워하지 않고 자신의 초고를

● fight, flight or freeze, 갑작스러운 외부 자극, 위협에 직면했을 때 싸울 것인지, 도망칠 것인지, 몸이 얼어버릴지에 관한 본능적인 반응.

생각할 수 있도록 말이다.

생산성을
융통성 있게 생각하기

생산성을 융통성 있게 생각하면 생산적인 미루기의 가치를 받아들일 수 있다. 원고를 쓰지 않는 시간 역시 집필 시간만큼 가치 있고 지적인 시간으로써 포용하라.

나는 한 시간에 1200자는 쉽게 타이핑할 수 있다. 집중을 하고, 내가 어디로 가고 있는지 정확히 알면 두 배쯤은 더 쓸 수 있다. 그래서 5만 자짜리 책을 쓰기로 목표를 세웠다면, 초고를 쓰는 데는 42시간이면 된다. 의뢰받은 원고가 없다고 가정하면, 한 주에 책 한 권을 쓸 수 있다는 말이다.

이 책의 초고를 쓰는 데는(5만 자) 얼마나 걸렸을까? 아마 초고를 다 쓰는 데 42시간의 두 배 이상 키보드를 두드린 것 같다. 글을 쓰는 동안 1분도 낭비 없이 집중한 것이 아니기 때문이다. 여러분이 지금 읽는 이 원고(음, 처음 썼던 것보다 엄청나게 편집된 형태다)를 타이핑하는 동안, 생각하고, 글을 읽고, 자료 조사를 하는 데 적어도 여섯 시간은 썼다.

게다가 매주 크리에이티브 아카데미를 운영하고, 매일 글 나눔 자유 게시판인 미디엄Medium에 게시글을 작성하고, 짧은 소설을 공동으로 집필하고, 의뢰받은 논픽션 원고를 쓰는 일에 적어도 열 시간을 썼다. 자, 내가 일주일이면 된다고 생각했던 초고는 어떻게 되었을까? 무려 4개월이나 걸렸다.

너무 오래 걸린다고 내가 자책했을까? 그렇지 않다. 아니, 그렇다. 조금 자책했다. 글을 더 잘 쓸 수 있던 날, 더 집중할 수 있던 날도 있지 않았을까? 물론이다. 그래도 나는 매일은 아니지만 초고를 작성을 꾸준히 했고, 이 책을 완성하는 데 충분한 시간을 썼다.

나는 전문 작가로서 훈련을 받아 왔기에 (여덟 시간 동안 엉덩이를 붙이고 글을 쓰는 데는 훈련이 필요하다) 한 시간 동안 쉬지 않고 앉아서 글을 쓰는 일은 물리적으로 어렵지 않았다. 또한 20년 이상 글쓰기를 업으로 삼았던지라 뇌의 글쓰기 영역이 잘 발달되어 있었다.

하지만 당신에게 장시간 앉아 있는 일조차 익숙지 않거나, 글을 쓰는 일이 새로운 일이라면, 글쓰기 습관을 기르기에는 15분 정도가 적당한 목표일 것이다. 글쓰기 근육을 기르는 일은 신체의 근육을 기르는 일과 비슷하다.

여러분이 내게 현재의 신체 상태에서 한 시간 동안 조깅을 하라고 권한다고 해보자. 나는 운동화를 신는 것조차 귀찮아하는 사람이다. 그렇지만 달리기와 걷기를 번갈아 하고 속도를 달리하며 5분간 운동해보라고 말한다면, 그건 해볼 수 있을 것이다. 그렇게 5분씩 며칠을 운동하고 나면, 몇 분 더 시간을 늘릴 수 있을 것이다. 그러고 나서 또 몇 분 더 시간을 늘린다. 얼마 후 나는 '달리기도 괜찮겠는데' 라는 미친 생각이 들지도 모르고, 그러면 여동생을 따라 하프마라톤을 뛰게 될 수도 있다. (동생과 나 모두에게 다행스럽게도 우리 관계에는 경쟁 금지 조항이 있다. 나는 몸뚱어리를 느리적느리적 걷는 것 이상 빠르게 움직이는 훈련을 받지 않아도 절대 죄책감을 느끼지 않는다.)

• 연습 1 | 생산적인 미루기

빈 종이를 마주했을 때, 진득이 앉아 초고를 쓰지 못하겠다는 마음이 들 때, 일단 자리에는 앉았지만 그날 해야 할 일 백 가지가 떠올라 본격적으로 글쓰기에 착수하기 어려울 때, 우리는 죄책감을 느낀다. 이런 감정을 재프로그래밍하도록 도와줄 방법이 한 가지 있다.

이 연습을 다 하려면, 45분에서 60분 정도를 비워 놓아야 한다. 또한 변화가 가시적으로 드러나려면 연습을 몇 차례 반복해야 한다. 이것을 기초 체력 다지기라고 생각하라. 기초 체력이 있어야 효과를 온전히 볼 수 있다.

일단 피질을 통제하고, 내면의 비평가가 다른 곳에 초점을 맞추려고 할 때 그것을 극복하는 방법을 배우고 나면, 이 연습은 하지 않아도 된다.

글쓰기 일정을 안정적으로 수행할 방법을 모조리 생각하고 적어보라. 그다음으로는 스스로 원고 쓸 시간이 되었음을 깨달을 수 있도록 알람을 꺼보고, 앞서

적은 방법 중 하나를 시도하라. 그 방법을 시도하고, 책상에 앉았을 때 느낌이 어떻게 다른지 살펴보라.

어떤 방법은 효과가 한동안 유지되다가 얼마 후 사라질 것이다. 그러면 그 방법이 언제 효과가 없어지는지(혹은 시작하는 데 별 효용이 없는지) 살펴보라. 등장인물에 관한 아이디어가 쉽게 떠오르지 않거나, 일하려고 자리에 앉았을 때 조사하고 싶은 게 없거나, 혹은 자리에 앉았는데 내면의 수다쟁이가 나타나 자신만만하고 즐겁게 원고를 쓰지 못하게 만드는 순간 말이다.

• 연습 2 │ 생산성을 융통성 있게 생각하기

알람을 3분으로 맞추고 다음의 네 가지 질문에 자유롭게 답하라. 알람이 울릴 때까지 써라. 글이 횡설수설해도 쓰는 걸 중단하지 마라.

☑ STEP 1

첫 번째 질문을 하기 전에 다소 바보 같은 질문을 스스로에게 던지고, 구체적으로 답해보라. 이를테면 글을 쓸 때 어떤 색깔의 레깅스를 입을까? 디퓨저에 어떤 에센셜 오일을 담아둘까? 조금 있다 어떤 차, 커피, 주스, 와인, 위스키를 마실까? 이처럼 무의미해 보이는 질문을 해보라.

자, 이제 첫 번째 질문이다.

• 내일 아침 잠자리에서 일어날 때 내 몸에 어떤 작가적 습관이 배어 있는 상

태라면, 그것은 어떤 습관일 것 같은가? 매일 하는 것이든, 매주 하는 것이든 상관없다.

☑ STEP 2

다음 도전 과제는 작가로서 자신의 미래에 대해 3분간 자유롭게 써보는 것이다. 여기에서 핵심은 여러 가지 내용을 쓰는 것이 아니라, 한 가지 미래만 상상해 깊이 있게 쓰는 것이다.

이를테면 책을 완성하면 당신에 대한 신뢰가 생겨나고, 그 신뢰는 더욱 깊어질 것이다. 그렇게 신뢰가 쌓이면 당신에게 어떤 일이 생길까? 당신 사업에 고객이 늘어날까? 가족이 당신을 존경의 눈으로 달리 보게 될까? 당신의 내면에서는 어떤 일이 일어날까, 자신감이 높아질까? 그 답이 무엇이든 깊이 파고들라. 알람이 울릴 때까지 계속 깊이 파고들라. 떠오르는 모든 아이디어에 대해 이 같은 과정을 반복하라.

자, 이제 두 번째 질문이다.

• 당신의 이야기를 세상에 들려주고 나면, 혹은 책을 펴내고 나면 당신에게 (혹은 독자에게) 어떤 기회가 열릴까?

☑ STEP 3

이제부터 할 3분간의 자유연상 글쓰기를 하다 보면 어처구니없는 내용이 작성될 수 있다. 그렇다 해도 염려하지 마라. 몇 년 전에 나는 초고를 쓰겠다는 목표를 달성할 수 있다면 첫아이도 기꺼이 포기할 수 있다고 썼다. 저녁 식사 준비를 기꺼이 포기하고(이건 100퍼센트 진심이지만), 아침에 잠을 한 시간 줄일 수 있다고도 썼다. 하하하!(말도 안 돼!)

자, 이제 질문이다.

• 당신은 초고를 완성하기 위해 무엇을 포기할 수 있는가?

☑ STEP **4**

마지막으로 5분에서 10분 정도의 글쓰기 시간을 확보할 방안들을 생각해보라. 또 하루 일과 중에서 이런 시간을 얼마나 많이 확보할 수 있을까? 3분간 써보라.

이제 마지막 질문이다.

• 글쓰기에 할애할 시간이 5분에서 10분밖에 없다면, 원고를 완성하기 위해 내가 어떻게 할 수 있을까? 구체적으로 써라.

☑ **'그래, 하지만...'의 힘을 이용하기**

☑ **11**

> "우리의 과거가 우리를 만든다. 하지만 거기에 얽매여서는 안 된다."
>
> _ 릭 워런Rick Warren

'그래, 하지만…'이라는 사고방식은 초고를 쓸 시간을 확보하도록 시간을 관리할 수 있게 도와준다. 글을 쓰려고 자리에 앉았을 때, 이 따금 내면의 비평가가 당신에게 시간을 좀 더 다르게, 말하자면 보다 현명하게 사용할 수도 있지 않느냐고(혹은 그래야 하지 않느냐고) 속삭이는 소리가 들릴 것이다. '하지만'이라는 단어는 이런 상황에서 멋지고 강력하게 사용될 수 있다.

내면의 비평가를 잠재울 준비를 완벽하게 해놓고 행복하게 원고를 쓰고 있는데, 녀석이 일어나서 재잘대기 시작한다고 생각해보라. 녀석은 다음과 같은 달콤한 말을 속삭이며 당신의 집중력을 흐트러뜨릴 것이다.

"네 초고 진짜 최악이다."

"너 글 쓰는 게 엄청 느리구나."

"대부분의 성공한 작가들에 비해 넌 나이가 너무 많아, 알지?"

적어도 당신만은 마음속으로 이 같은 말에 일말의 진실이 담겨 있다고 생각할 것이다. 따라서 다른 방향의 확신을 가지려고 애쓰지 말고, '하지만'의 힘을 이용해 미래를 바꾸어라. 다음과 같은 말로 내면의 부정적인 목소리(생각)에게 응답하는 것이다.

"그래, 내 초고는 진짜 최악이야. 지금은 그렇다는 거야. 하지만 다 완성하고 나면 편집을 할 거야. 유명한 작가들도 초고 단계는 최악이래."

"그래, 나는 글 쓰는 게 엄청 느려. 하지만 하루에 500단어씩만 써도 6개월이면 초고를 완성할 수 있어."

"그래, 난 성공한 작가들에 비해 나이가 많아. 하지만 젊고 건방진 애송이 작가들에 비해 인생 경험이 훨씬 많고, 내 이야기에 그런 경험을 집어넣어서 이야기를 더욱 풍성하게 만들 수 있어. 내 나이는 원고에 도움이 된다고."

먼저 부정적인 목소리에 동의를 표하라. 그리고 잔소리하는 내용에 대해 더 많은 정보를 제공하라. 그러면 녀석을 잠재울 수 있다. 내면에서 우러나오는 우려에 논리적으로 대응할 수 있게 되면, 지금 작업 중인 중요한 일로 빠르게, 그리고 불안을 덜 느끼며 되돌아갈 수 있다.

마인드셋 혹은 행복을 다루는 자기계발 강사 중에는 내면의 비평가와 논쟁하는 것이 무의미하다고 주장하는 사람도 있다. 내면의 비평가에게 대항하는 온갖 이유를 생각해내봤자, 그에 대한 반박이 그만큼 새로 생겨날 것이기 때문이라고 말이다.

그러나 개인적으로 나는 '하지만'을 덧붙이고, 내 미래에 대한 전망과 내가 하는 작업의 잠재력을 생각했을 때 내면의 비평가를 잠재울 수 있었다. 다만 내 경우, 수십 년간 작가로 일했다는 경험이 있긴 하다!

이 방법을 처음 시도해보는 사람이라면 한 가지 단계를 추가하는 것이 생각을 바꾸는 데 도움이 될 것이다. 자기계발 강사 바이런 케이티Byron Katie의 문답법을 살짝 바꾼 것이다.

《네 가지 질문》에서 케이티는 다음과 같은 질문을 함으로써 생각의 패턴을 바꿀 수 있다고 말한다.

- 그것이 참인가?
- 그것이 참인지 확실히 알 수 있는가?
- 그 생각을 믿을 때, 당신은 거기에 어떻게 반응하는가?
- 그런 생각을 배제한다면, 당신은 어떤 사람인가?

초고를 쓰는 중인 작가로서 우리 상황에서는 두 번째 질문을 순화하여 적용하는 것이 훨씬 더 효과적일 것이다. 우리의 상황이 다음과 같은 답을 하게 만들 수 있기 때문이다. "그래, 난 정말 느림보야." 그러면 도움이 되지 않는 내면의 비평가를 잠재우는 데 전혀 도움이 되지 않을 것이다.

따라서 우리는 두 번째 질문을 다음과 같이 변형할 수 있다.

- 그것이 계속 참일까?

그러면 앞으로 글 쓰는 속도가 더 빨라진다거나, 내면의 비평가가 경고하는 상황이 바뀌는 경우를 상상할 수 있게 된다. "그것이 계속 참일까?"라는 질문에 "아니오"라고 대답할 수 있다면, '그래, 하지만…'의 틀에서 주장할 수 있게 된다.

내가 크리에이티브 아카데미 회원들에게 들은 내면의 비평가의 고약한 말을 몇 가지 소개하겠다. 나는 "그것이 참인가?"와 "그것이 참인지 확실히 알 수 있는가?" 혹은 "그것이 계속 참일까?"라는 질문을 하고, 각각을 참과 거짓의 가능성에 따라 분류했다.

- 너는 직접 경험하지 않은 일에 대해 쓸 자격이 없어. (거짓)
- 네 이야기는 시시해. (참일 가능성 있음)
- 글쓰기는 너무 힘들어. (거짓)
- 왜 귀찮게 그런 일을 하지? 절대 완성할 수 없을 텐데. (거짓)
- 내 이야기가 너무 형편없어서 출간될 가능성이 전혀 없다면 어쩌지? (참일 가능성 있음)
- 너는 글을 쓸 만큼 창의성이 없어. (거짓)
- 네가 쓴 건 죄다 클리셰투성이야. (거짓)

- 그 장면을 확실히 파악할 때까지는 쓸 수 없어. (참일 가능성 있음)

- 문장은 중요하지 않아. (거짓)

- 넌 아무것도 몰라, 존 스노. (웃음)

- 난 글솜씨가 없어. (참일 가능성 있음)

- 내 글은 지루해. 텔레비전이나 보는 게 낫겠어. (참일 가능성 있음)

- 내게는 이야기할 만한 게 없어. (참일 가능성 있음)

- 내게는 이야기할 만한 게 하나도 없어. (거짓)

- 이제 쓸 만한 좋은 이야기가 더는 없어. 난 잘해왔지만 이제 다 끝났어. (거짓)

- 네 책이 썩 괜찮다 해도, 이미 세상에는 책이 수없이 많으니, 아무도 네 책에 주목하지 않고, 사지도 않을 거야. (거짓)

- 이 책은 한 권도 안 팔릴 거야. (거짓)

- 이 책은 실패작이 될 거야. (거짓)

- 내 글은 더 나아질 수 있을 거야. (참일 가능성 있음)

- 어휘를 좀 더 다채롭게 사용했어야 했는데. (참일 가능성 있음)

- 문장 흐름이 별로야. (참일 가능성 있음)

어떤 거짓말은 확인하기가 쉽다. 말에 '절대', '계속', '모두', '아무것도'와 같은 절대적인 표현이 포함되어 있다면, 그건 자연히 거짓말이다. 그 밖의 것들은 다소 확인이 어렵지만 시간이나 경험에 따라 상황이 변화할 가능성이 있다면, 그건 거짓에 속한다.

이를테면 '글쓰기는 너무 힘들어'라는 말은 거짓이다. 오늘은 힘들겠지만 내일이나 다음 주 혹은 주인공이 직업을 중도에 바꾸기로 결심한 이유를 확실히 정하고 나면 어렵지 않을 수 있기 때문이다.

반대로 '글쓰기는 너무 힘들어'라는 말이 참일 가능성도 있다. 글 쓰는 게 힘이 드는 날도 있다. 또 어떤 장면은 쓰기 힘들 수도 있다. 등장인물 한 사람의 행동 동기가 도무지 이해가 안 될 때도 있다. 이같은 어려움은 긍정적인 결과를 산출할 수 있다. '그래, 글쓰기는 힘들지. 하지만 이야기를 다 쓰고 나면, 그 작업이 가치 있었다는 걸 알게 될 거야'라든가, '그래, 글쓰기는 이따금 힘이 들지. 하지만 어떤 날은 먹는 것도 잊을 만큼 술술 쉽게 잘 써지잖아'라고 말할 수 있다는 것이다.

이따금 내면의 부정적인 목소리를 수용하고, 그 말을 다시 써야 한다. 거짓이든 참일 가능성이 있든지 간에, 그 말을 참이라고 인정하고, 미래의 가능성에 초점을 맞추어 바꾸라. 이를테면 내면의 비평가가 "표현은 중요치 않아"라는 거짓말을 한다면 다음과 같이 재이미지화할 수 있다.

"물론이야, 지금 당장 내게는 표현만이 중요한 문제는 아니야. 하지만 이야기를 다 쓰고 나면, 내가 사용한 표현이 한 명 혹은 100만 명에게 영향을 미칠 수 있어… 이 책이 완성되고 출간될 때까지 아무도 모르는 거야."

"이 책은 실패작이 될 거야"라는 말에는 다음과 같이 답해볼 수 있다.

"이 책은 내 목표를 다 담지 못할 거야. 하지만 진짜 실패란 나 자신과 이 책에게 성공할 기회조차 주지 않고 중도 포기하는 거야."

　작가로서 자신이 들었던 부정적인 목소리를 떠올려보라. 그리고 연습 문제를 풀어라.

초고나 글을 쓰는 과정에 대해 (질적이든 양적이든) 부정적인 목소리가 들린다면, 즐기겠다는 마음가짐으로 다음의 연습 문제를 풀어보라. 단어를 갖고 놀아라!

☑ STEP **1**

내면의 비평가가 당신에게 하는 끔찍한 말들을 최대한 많이 적어라.

☑ STEP **2**

비판의 말들을 진짜 참인 것과, 참이 아니라고 판명 날 수 있는 것, 두 종류로 나누어라.

☑ STEP **3**

부정적인 생각 중 참인 것들을 골라서, 확언의 말과 함께 그것을 완성하라. 다음과 같이 쓰는 것이다.

'그래, (부정적인 생각) 이 맞아, 하지만 (긍정적인 생각 혹은 사실) 일 수도 있어.'

예를 들면 이렇게 할 수 있다.

'어휘를 좀 더 다채롭게 사용했어야 했어. 하지만 이건 초고일 뿐이고, 지금 당장 중요한 것은 이야기를 써 내려가는 거야. 어휘를 풍성하게 하는 일은 편집 단계에서 할 일이야.'

☑ STEP **4**

부정적인 생각이 거짓 혹은 엄청난 과장일 가능성이 있다면, 그것을 참인 문장이 되도록 수정하라. 참이란, 꼭 정반대 상황을 말하는 게 아니라 긍정적으로 나아갈 가능성이 있는 말일 수 있다.

예를 들어 '이 책은 한 권도 팔리지 않을 거야'는 거짓이기 쉬운데, 아직 쓰이지 않은 책의 미래를 예측할 수 없기 때문이다. 보다 참에 가까운 문장은 '이 책이 많이 팔리지 않을 수도 있어'다. 이제 긍정적인 결말을 덧붙여보라. '하지만 어쨌든 책을 완성하고 편집할 때까지는 팔 수가 없잖아. 그러니 초고를 완성하는 일로 돌아가는 게 낫겠어.'

‘...아직’의 힘을 이용하기

12

"나는 세상을 약한 자와 강한 자, 혹은 성공한 자와 실패한 자로 나누지 않는다.··· 배우는 자와 배우지 않는 자로 나눈다."

_ 벤저민 바버Benjamin Barber

'그래, 하지만…' 방식만으로는 도저히 초고에 흠결이나 구멍, 시제 오류 같은 것을 허용하지 못하는 태도를 막지 못한다면, 퇴고 단계에서 수정하면 된다는 사실을 떠올리지 못한다면 어떨까?

초고가 훌륭하고 완전무결하리라는 믿음은 태생적인 것으로 보기는 힘들다. 우리가 사는 세상이 소위 타고난 재능을 과대평가하고 거기에 축배를 보내기 때문이다. 이 같은 태도는 어떤 사람들은 어떤 일에 특출한 재능을 가지고 태어나는 반면, 나머지 우리는 위대한 성과를 달성할 희망이 없다고 말한다. 물론 진실이 아니다. 하지만 이런 메시지는 너무 자주 들려서 믿지 않기가 힘들다.

자신이 글쓰기나 그 과정을 잘해내지 못하고 있다는 생각, 이전에 잘하지 못했으니 이번에도 그럴지 모른다는 생각 때문에 힘든 가? 스탠퍼드대학의 심리학자 캐롤 드웩Carol Dweck 박사의 성장 마인드셋growth mindset에 관한 연구가 당신이 초고를 마주할 때 필요한 자신감을 갖추는 데 도움이 될지도 모르겠다.

성장 마인드셋의 기본 전제는 새로운 기술을 배울 수 있다고 믿을수록 점점 더 영리해진다는 것이다. 이런 사람들의 뇌는 계속 성장하고, 실패하면 다른 방식으로 움직인다. 또한 자신의 능력을 향상시키고 더 나은 결과를 만들어낼 수 있음을 알고 도전에 응한다. 연구 결과 성장 마인드셋을 지닌 사람들은 고정 마인드셋fixed mindset을 지닌 사람들에 비해 크게 성공한다.

고정 마인드셋을 지닌 사람들은 우리의 지력이 고정되어 있다고 믿는다. 이들은 전형적으로 도전적인 상황을 피하고, 쉽게 포기하고, 부정적이지만 유용한 피드백을 무시하고, 다른 사람의 성공에 위협감을 느낀다. 고정 마인드셋을 지닌 사람들은 지능이 발전할 수 있는 것이라고는 생각지 않는다. 이런 사람들은 도전을 좋아하지 않고, 장애에 부딪히면 포기하고, 비판에 잘 대응하지 못하며, 다른 사람의 성공을 질투한다.

여러분이 나와 같은 사람이라면 상황에 따라 어느 날은 고정 마인드셋인 자신을, 또 어느 날은 성장 마인드셋인 자신의 모습을 발견할 것이다. 드웩 박사는 이를 혼합형 마인드셋mixed mindset으로 분류했다.

당신이 성장 마인드셋이나 긍정적인 혼합형 마인드셋을 지녔다면, 자신의 글쓰기가 별로라는 우려가 들 때 비평가의 경고는 취하면서 말끝에 '아직'이라는 단어를 더하여 글쓰기의 동력을 유지하려고 들 것이다.

'아직'이라는 마법의 단어는 당신이 학습 중인 사람이라는 의미를 전달하며, 당신에게 미래로 나아가는 길을 제공한다.

만일 '너는 ~ 할 수 없어'라는 말이 들어간 목소리를 듣게 된다면, 그것을 일인칭 시점으로 바꾸고, '아직'이라고 덧붙여라.

'너는 이 장면에서의 갈등을 설득력 있게 설명할 수 없어'는 '나는 이 장면에서의 갈등을 아직은 설득력 있게 설명할 수 없어'로 바꿀 수 있다. '너는 책을 어떻게 출판하는지 모르잖아'는 '나는 아직은 책을 어떻게 출판하는지 몰라'로 바꿀 수 있다.

성장 마인드셋의 힘을 끌어내면 수정 단계에서(어쨌든 초고를 작업하는 동안은 아니다) 해당 장면을 설득력 있는 장면으로 편집하는 데 필요한 기술을 배운다거나, 원고를 출간하기 위해 에이전시나 출판사에 보내거나 독립출판 과정을 배우는 등의 방안을 찾을 수 있게 된다.

책을 출간하기까지 우리가 하는 걱정 대부분은 성장 마인드셋을 길러 완화할 수 있다. '아직'이라는 단어를 부정적인 생각에 덧붙여라. 마법이 일어날 것이다.

책을 쓰는 일에서 당신은 고정 마인드셋 유형인가, 성장 마인드셋 유형인가? 자신이 어떤 유형인지 확인하는 방법으로, 드웩 박사는 글을 쓰는 과정에서 어려움에 부닥칠 때(혹은 당신이 즐겨 하는 다른 어떤 활동을 하기가 점점 어려워질 때) 어떤 기분이 드는지 살펴보라고 말한다. 어려움에 부딪혔을 때 피곤하고, 어지럽고, 지겹고, 배가 고프다면, 고정 마인드셋이 반응하는 것이다. 이런 일이 일어났을 때는 '도전에 맞서고 배우는 것으로 뇌에 새로운 뉴런이 형성되고 있다고 상상함으로써' 성장 마인드셋을 갖출 수 있다.

《마인드셋》에서 드웩 박사는 이렇게 썼다.

"마인드셋 변화는 여기저기에서 약간의 조언을 얻는 것으로 되는 일이 아닙니다. 사물을 새로운 방식으로 바라보아야 합니다. 성장 마인드셋으로 변화하면, 사고방식이 판단-결론이라는 프레임에서 배움-도움-배움이라는 프레임으로 전환하게 됩니다. 성장하는 데는 시간, 노력, 지지가 많이 필요합니다."

초고를 작성하면서 들인 시간과 노력, 지지 측면에서 우리가 무엇을 할 수 있을까? 이를테면 동료 작가들을 지원하고, 또 지원받을 수 있는 모임에 참가할 시간을 낼 수 있는가? 당신에게 믿을 만한 파트너 역할을 하는 작가 친구가 있는가? 또한 당신이 그런 친구가 되어주고 있는가? 간단한 말로 들리겠지만, 당신이 특정한 시간에 자리에 앉아서 글을 쓰도록 지지해주는 친구에게 헌신하면, 그 친구도 당신에게 헌신을 유지하기가 쉬워진다.

어떤 배움 - 도움 - 배움 계획이 글쓰기와 초고 완성에서 성장 마인드셋을 계발하게 도움이 될까?

드웩 박사의 방식으로 자신의 마인드셋이 어떤지 알아보고 싶다면, 그녀의 홈페이지(MindsetOnline.com)에서 마인드셋 자기평가를 해보라. 나는 16가지 문제를 풀었고, 그 결과 (기분 좋은 날에는) 한 가지의 고정 마인드셋 믿음과, 일곱 가지의 성장 마인드셋 믿음을 가진 것으로 나타났다. 이 결과는 마인드셋을 가장 효과적으로 활용하려면 드웩 박사의 책을 구입해 읽으라고 말해주었다(영리하지 않은가). 또한 박사는 고정 마인드셋에서 성장 마인드셋으로 변화하는 대략적인 4단계를 공개하고 있다.

- 1단계 | 자신이 지닌 고정 마인드셋의 '목소리'에 귀 기울이는 법을 배워라.
- 2단계 | 자신에게 선택권이 있음을 깨달아라.
- 3단계 | 성장 마인드셋의 목소리로 대답을 돌려줘라.
- 4단계 | 성장 마인드셋 행동을 취하라.

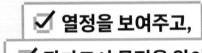

✓ 열정을 보여주고,
✓ 작가로서 목적을 알아보라

13

"우리가 하는 작업이 상상력과 관련된 일일 때, 영감이 떠오르는 순간을 기다려야 한다고 생각하는 사람들이 있다. 이 같은 교리를 들었을 때 나는 코웃음을 억누를 수가 없었다. 내게는 마치 제화공이 영감이 떠오를 때까지 기다려야 한다든가, 양초 제조업자가 양초가 녹는점에 도달하는 신성한 순간이 오기를 기다려야 한다든가 같은 말처럼 어처구니없이 들렸기 때문이다. … 언젠가 나는 글쓰기 작업을 확실히 돕는 건, 의자에 놓인 구두 왁스 한 조각이라는 말을 들은 적이 있다. 나는 영감의 뮤즈보다 구두 왁스를 더 믿는다. 확실하다."

_ 앤서니 트롤럽Anthony Trollope

우리는 자기계발 강사들에게서 "자신의 열정을 따르라"라는 간절한 말을 얼마나 많이 들었나. 이 말을 들으면 나는《해리포터와 비밀의 방》에서 론 위즐리가 "거미를 따라가. 그런데 왜 늘 '거미를 따라가'라고 하는 거지? 나비를 따라가면 안 되는 거야?"라고 말하는 장면이 떠오른다.

수년 전, 아들이 대학에서 어떤 프로그램을 들을지 고민을 토로하면 나는 늘 이 말을 해주었다. "네가 좋아하는 건 뭐니? 그리고 네가 들을 수 있는 과목 중 그 일과 겹치는 게 무엇이니?" 아들은 수학과 과학을 좋아했고, 이 두 과목을 썩 잘했다. 반대로 글쓰기는 싫어했으며, 자신이 글쓰기에 재능이 없다고 생각했다. 따라서 아들이 이과 계열 과목을 이수한 것은 당연했다.

나는 아들의 삶의 목적에 대해 직접 대화를 나눠본 적이 없다. 열일곱 살이나 열여덟 살에 벌써 삶의 목적을 확실히 알 거라고 상상할 수도 없거니와, 실제로도 불가능하다. 현재 사십 대에서 육십 대에 이르는 내 친구들 역시 유년기를 되돌아보고 나서야 자신의 삶의 목적이 늘 그 자리에 있었음을 알게 되었으니 말이다.

내가 가장 처음 목표로 삼은 직업군은 법을 집행하는 자리나 교회에서 일하는 것이었다. 굉장히 상반된 이 두 직업군 간의 유일한 연결 고리는 사람들에게 도움을 주는 직업이라는 점이며, 여기에는 인간 심리에 대한 상당한 이해가 필요하다. 물론 당시에는 이 점을 몰랐다. 하지만 내 인생을 돌아보고, 내가 거쳐온 모든 직업을 생각해보면, 내가 언제나 '도움이 되는 사람'이 되는 것을 목표로 삼았음이 분명해진다.

그러면 나는 무엇에 열정에 있는가? 살면서 그건 수없이 바뀌었다. 십 대 시절에는 내가 무얼 좋아하는지 말할 수가 없었다. 이십대 때는 인권 문제에 경도되었다. 삼십 대 때는 환경 문제였다. 사십때에는 투표권을 박탈당한 사람들에게 목소리를 돌려주는 일이었다. 나는 '도움 되는 사람'이 되겠다는 목적을 이 같은 문제에 대한 캠페인을 벌이는 비영리단체에서 일하는 데 적용했다.

나는 함께 일하던 사람들, 그러니까 열대우림을 보호한다든가, 십 대 성소수자에게 안전한 공간을 제공한다가 등 목적이 분명한 투사들과 달리, 소명이라 할 만한 딱 한 가지 문제를 선택하지 못했다. 나는 한 가지 대의를 주창할 수 없는 사람이다. 내 목표가 너무 폭넓기 때문이다. 이런 특성이 또한 내게 현재 열정의 대상인, 창조적인 논픽션 집필 작업을 매일 하도록 만든다고 나는 생각한다.

열정과 목적은 이따금 혼동되는 개념인데, 이 두 가지가 누군가에게는 같은 것일 수 있기 때문이다. 하지만 열정은 느낌이며 내적인 영향력인 데 반해, 목적은 내면의 충동이 외적인 영향력을 발휘하는 것이다.

한 문장 한 문장을 붙들고 초고와 씨름 중인가? 그렇다면 열정과 목적 사이의 관계에 대한 연구가 당신의 도전 대상이 어디에 있는지 알려주고, 그것을 어떻게 다루어야 할지 힌트를 줄 것이다.

경영관리학 교수인 모튼 한센Morten Hansen 박사는 상사에게 직원이 뛰어난 성과를 냈다고 판단하게 만드는 것이 무엇인지에 관심이 있었다. 그의 책 《아웃퍼포머》에는 연구 하나가 언급된다.

한센은 상사들에게 성과에 따라 직원들의 등급을 매겨보라고 요청했다. 그러고 나서 직원들을 면담하고, 여러 가지 준거에서 스스로의 등급을 매겨보라고 요청했다. 그중에는 자신이 일에 얼마나 열정을 가지고 있는지, 그리고 자신이 그 일을 하면서 목적의식을 얼마나 느끼는지를 시사하는 준거도 있었다.

열정과 목적의식 둘 다 '낮은' 직원들은 상사에게서도 평균적으로 최하위 10퍼센트의 평가를 받았다. 전혀 놀라운 결과가 아니다.

여기서 추측해보라. 열정이 높은 사람과 목적의식이 높은 사람, 둘 중 어느 직원이 더 뛰어난 성과를 낸다고 평가받았을까? 연구 결과는 다음과 같다.

상사의 평가	10/100	20/100	64/100	80/100
직원의 평가	열정 낮음 목적의식 낮음	열정 높음 목적의식 낮음	열정 낮음 목적의식 높음	열정 높음 목적의식 높음

목표를 알고 목적의식을 가지고 일하는 편이 열정이 과도한 것보다 훨씬 더 강력하다는 것, 그리고 일을 더 잘하게 만든다는 사실이 보이지 않는가?

한센과 연구 팀이 내린 결론 중 하나는 강한 목적의식이 강한 내적 동기로 이어진다는 것이었다. 초고든 10번째 개정판을 쓰든 당신이 책을 쓸 때, 의자에 엉덩이를 붙이게 하는 내적 동기가 중요하다.

자, 자신이 쓰고 있는 원고를 생각해보자. 당신의 열정과 목적의식은 어떤 수준인가?

> "목적은 당신의 동기이자, 이유다. 그것이 행동을 하게 만든다. '동사 verb'에 집중하게 만든다. 목적이 당신을 완성한다."
>
> _ 기업가 조지 크루거George Krueger

나는 수많은 책에서 자신의 '이유'를 찾는 방법을 보았고, 그중 한 가지를 글쓰기 강좌에 도입했다. 바로 도요타 자동차 회사의 설립자 도요타 사키치의 아이디어다. 그는 1930년대에 생산 라인에서 발생하는 문제의 해결책을 찾으면서 이 기법을 개발했다.

도요타의 방식은 어떤 과정에서 무언가 최적의 상태로 진행되지 않을 때, '왜'라고 질문한다. 먼저 분명하게 떠오르는 이유를 찾는다. 그러고 나서 각각의 답에 '왜'라고 재차 질문함으로써 더욱 깊이 파고들어 문제의 진짜 원인을 찾는다.

이를테면 다음과 같다. 선적일에 제때 물건을 싣지 못했다. 왜인가? 컨베이어 벨트가 고장 났기 때문이다. 왜인가? 컨베이어 벨트를 3주 동안 정비하지 않았기 때문이다. 왜인가? 출고량이 많아서 24시간 내내 일했기 때문이다. 이런 식으로 계속 꼬리에 꼬리를 물고 '왜'라고 질문한다.

자신의 집필 목적, 작가로서 자신의 '이유'를 잘 모르겠는가? 도요타의 방식이 효과가 있을 것이다.

자신의 첫 번째 '이유'가 무엇인지를 알아내라. 예를 들면 이렇다.

· 왜 나는 10년 전부터 이 책의 아이디어를 계속 생각하는 걸까?

⇒ 내 주인공에 대한 아이디어가 전무후무한 것이기 때문이다.

· 왜 나는 이 주인공이 글로 쓰인 모습을 보고 싶은가?

⇒ 알비노증이 있는 십 대 주인공이 자신이 남다르다고, 세상의 이해를 받지 못한다고 느끼는 십 대들을 대변하는 강력한 은유라고 믿기 때문이다.

· 왜 자신이 세상에 잘 맞지 않는다고 느끼는 십 대의 이야기를 하는 게 내게 중요한가?

⇒ 십 대의 자해, 마약, 약물 남용의 주요 원인 중 하나는 자존감을 느끼지 못하는 데서 시작되기 때문이다.

· 왜 자신이 가치 있는 사람이라는 사실을 십 대들이 깨닫도록 돕는 일이 내게 중요한가?

⇒ 자녀를 키우면서 너무 많은 십 대들이 고통받는 모습을 보았기 때문이다.

글쓰기를 사랑하는 마음, 자신이 할 수 있다는 느낌, 혹은 해야 하는 일이라는 느낌에 초점을 맞추었을 때와 자신이 이야기를 쓰는 이유에 초점을 맞추었을 때, 원고를 완성하려는 동기가 얼마나 달라지는지 알겠는가?

자신이 언제 목적을 찾았는지, 그것을 어떻게 알 수 있을지 궁금한가? 그 대답은 당신의 글이 '누구'에게 도움이 될지 찾으면 알게 된다. 그리고 대개 당신의 목적 역시 그 대답에 있다.

· 그 사람은 당신 자신일 수도 있다: 나는 경험한 것들을 세상에 내보이고, 치유해주기 위해 이 이야기를 써야 한다.

· 그 사람은 친인척일 수도 있다: 나는 그들의 이야기를 기려야 한다. 그리하여 그들의 공적이 잊히지 않게 할 것이다.

・그 사람은 모르는 사람일 수도 있다: 나는 출산한 여성들에게 소설을 통해서 산후 우울증이 어떤 것인지 알려주어야 한다. 이런 엄마들은 자기계발서를 찾아 읽지 않기 때문이다.

• 연습 1 | 당신의 '이유'는 무엇인가?

심호흡을 하고 자신에게 물어보라. '나는 왜 이 책을 쓰고 있는가?' 혹은 '어째서 이 책의 아이디어가 10년이 넘도록 나를 사로잡고 있는가?'가 될 수도 있다.

마음에 떠오르는 대로 답을 적어보라.

이제 답변에 대해 다시 '왜'라고 질문하라.

자신이 책을 쓰는 목적이 나왔다고 느껴질 때까지 계속 '왜'라고 질문하라.

• 연습 2 | 당신의 책이 독자들에게 어떤 영향을 끼치길 바라는가?

스티븐 코비Stephen Covey는 이렇게 말했다.

"마음속에 결말을 가지고 시작하라."

이야기를 집필하려는 자신의 목적을 더 잘 알아야 한다면(혹은 더 잘 알고 싶다면), 자신의 '이유'를 묻는 데서 한 단계 더 나아갈 수 있다. 당신이 책을 출간했을 때 그것을 읽게 될 독자를 한 사람 상정하고, 그가 어떤 영향을 받을지 짧은 이야기를 써보라.

당신의 책이 소설인지, 비소설인지는 중요치 않다. 또한 이 연습 문제에서 쓰는 짧은 이야기는 책에 관한 것이 아니다. 그 책을 읽고 도움을 얻게 될 사람에 관한 이야기가 되어야 한다. 독자의 관점에서 이야기를 쓴다면, 가장 효과적일 것이다.

이 연습 문제는 동기와 관련한 문장으로 작성할 수 있다.

내가 작가가 되려는 목적은_____ 에게 ____하기 위해서다.

나는 이렇게 썼다.

내가 작가가 되려는 목적은 자신의 성별에 관한 문화 및 종교의 영향을 탐구하는 데 관심이 있는 여성들에게 즐거움을 주는 논픽션을 창작하기 위해서다.

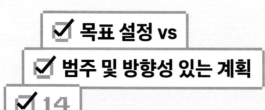

✓ 목표 설정 vs

✓ 범주 및 방향성 있는 계획

✓ 14

"일반적으로 목표는 최종 상태로 여겨진다. 하지만 목표에는 결과를 달성하겠다는 열망보다는 종종 장기적으로 목표를 달성해나가는 과정에 관한 열망이 깔려 있다."

_ 마이클 맥카스키|Michael McCaskey(하버드 경영대학원)

자신이 지닌 작가적 정체성을 이해하고, 글을 쓰는 목적을 명확히 했다고 해도, 여전히 자신의 초고를 쓰기보다 다른 사람의 저작물을 읽는 편이 더 쉬운 날이 있다. 나는 소설을 출간한 뒤에도 그렇지 않은 날보다 그런 날이 더 많았다. 의자에 엉덩이를 붙이고 앉아 있지만 초고 쓰기에 집중할 수 없을 때, 나는 어째서 이런 일이 벌어지는지 신경학적으로 탐구하고 싶어진다.

이 질문의 답은 직장 관리 분야에 기반한 연구에서 발견했다.

관리자의 어려움 중 하나는 직원들이 회사가 바라는 일이 아닌 다른 일을 하고 싶어 할 때 회사가 바라는 일을 하게 만드는 것이다. 이것은 '할 일 vs 원하는 일'의 상황으로 볼 수 있다. 나는 돈을 아끼는 방법을 배우고 싶어 하는 저소득층에게 '필요 vs 욕구'에 관한 강좌를 한 적이 있는데 이와 유사하다.

그럼, 이제 작가들의 과제에 대해 얘기해보자.

우리는 원고를 끝마치려면 규칙적으로 상당한 시간을 집필에 매진해야 한다는 사실을 안다. 매일은 아닐지라도, 적어도 매주 몇 자의 단어를 써야 한다는 사실을, 집필에 매진해야 한다는 사실을 안다. 하지만 몇 가지 이유에서 우리는 그 목표를 달성하지 못한다. 그런데 프로젝트에서 한 발만 떼도 경사가 갑자기 가팔라진다는 사실을 보여주는 연구가 많다.

오르기가 너무 힘들어서 되돌아오고 싶어지는 언덕에서 굴러떨어지지 않도록 아이젠 역할을 해줄 아이디어가 몇 가지 있다.

첫 번째로 고려해야 할 사항은 그동안 자신의 목표를 어떻게 생각해왔냐는 점이다. 당신은 그 목표를 말할 때 어떤 단어를 사용했는가? 기업체에서 일한 적이 있다면, '스마트SMART'라는 목표 기법을 알 것이다. 스마트란 목표 설정을 할 때, '구체적이고 Specific, 측정 가능하고 Measurable, 달성 가능하며Achievable, 현실적이고 Realistic, 마감 기한이 있어야 Time-delineated' 한다는 뜻이다.

우리는 스마트 기법을 살짝 변주하여 사용하겠다. 먼저 마감 기한이 있는 최종 상태의 목표를 써보자.

• 4월 1일까지(마감 기한) 초고를 6만 자 쓰겠어(최종 상태).

작가의 경우 어려울 수 있는 부분은 프로세스도 생소한데, 논리적, 분석적 틀을 사용한다는 점이다. 최종 상태를 달성하기 위해 필요한 실제 단계를 뚜렷하게 구분할 수 없다는 말이다. 그건 당신이 보통 하루 혹은 일주일 동안 몇 자나 쓸 수 있는지 알 만큼 경험이 없어서다.

그뿐 아니라 우리는 창조적인 우뇌로 작업하는 일에 관해, 이성적인 좌뇌로 목표를 설정한다. 연구자들에 따르면, 이런 방식은 상반되는 두 '자아'가 경쟁해서 해야 하는 일과 하고 싶은 일에 관한 내면의 대화를 나누게 하는 비옥한 토양이 된다.

하지만 이것은 부정적인 내면의 비평가가 당신이 그 일을 해낼 수 없다고 말하는 것과 다르다(물론 대화 중에 이런 말이 나올 수는 있다). 오히려 내면의 비평가와 하는 것보다 통제하기 훨씬 어려운 대화가 될 수도 있다. 이 목소리들이 비꼬거나 부정적인 말을 하진 않지만 그저 자신의 열망을 언급하기 때문이다. 당신이 지닌 완전히 정당하지만, 갈등을 일으키는 열망 말이다.

당신은 목표한 마감일까지 원고를 완성하려면 적어도 하루에 30분은 글을 써야 한다는 사실을 알고 있다. 하지만 동시에 (글을 쓰기로 계획한 시간에) 친한 친구와 커피 한잔 마시고 싶다는 사실도 안다. 혹은 잠자리에 들기 전에 오늘 밤 자신이 쓰는 장르의 책을 읽고 싶다는 사실도 안다…. 그리고 그렇게 한다면 글을 쓸 시간이 없다는 사실 또한 안다.

인생에서 중요한 사람과 시간을 보내겠다는 욕망, 혹은 소설 속에 푹 빠져서 자신의 기술을 갈고닦고자 하는 욕망이 과연 나쁜 일인가? 물론 그렇지 않다. 욕망이 잘못된 것은 아니다. 하지만 그 욕망은 목표를 달성하지 못하게 만드는, 목표와 상충되는 일이다. 그리고 이제 네가 정말 작가가 되고 싶은 것이 맞느냐는, 혹은 작가가 될 자질이 없다는 세 번째 목소리가 등장한다. 달리 말해 원하는 행동보다 해야 하는 행동을 선택해야 한다는 목소리다.

따라서 목표에 도달하는 과정을 다른 시각에서 볼 방법이 필요하다. 나는 두 가지 상이한 접근법을 제시할 것이다.

1. 스마트한 목표에서 즐거운 목표까지

우리 대부분은 영리해지고 싶어 한다. 초등학교에 입학하면서부터 문제를 잘 풀면 선생님으로부터 긍정적인 관심을 받고, 숙제에 '참 잘했어요' 스티커를 받는다. 누가 이 스티커를 싫어하랴? 하지만 어떤 아이들은 '참 잘했어요' 스티커를 냉장고에 붙여두지만, 어떤 아이들은 그 모습을 바라보고 축하만 할 뿐이다. 따라서 아이들은 '영리하다'는 말을 듣는 사람이 되려는 열망을 빠르게 키워나가게 된다.

하지만 집필 목표를 세울 때는 영리해지려고 하지 말았으면 한다. 그러니까 스마트SMART를 하지 마라!

나는 직업적 측면에서 스마트 목표 설정 기법의 신봉자였다.

1998년부터 2016년까지 나는 비영리단체 직원과 자원봉사자 수천 명, 문학 강좌를 듣는 수백 명의 사람에게 스마트 목표 설정 기법을 가르쳤다.

나는 스마트 기법으로 설정할 수 없는 목표는 말도 안 되는 목표라고 생각했었다. 그런데… 그 후 나는 글쓰기 코치가 되었다. 내가 사랑하는 스마트 목표 설정 기법이 불완전하다는 사실을 알기 시작한 것은 바로 그때였다. 처음으로 나는 전체 과정, 목표를 설정하는 순간부터 12주 동안의 진행 상황을 지켜보게 되었다. 작가들이 구체적이고, 측정 가능하고, 달성 가능하며, 결과 중심으로 조직되고, 마감 시한이 있는 아름다운 목표를 설정하고, 12주 동안 집필 과정을 함께해나가며 2주마다 진행 상황을 확인하면서 나는 눈이 번쩍 뜨였다.

나는 작게 잘게 쪼갠 목표를 달성하지 못했을 때 작가들이 실망하고 좌절하는 과정을 보았다. 진척은 있었지만 목표를 100퍼센트 달성하지 못했을 때, 작가들은 진척 사항을 보는 게 아니라 자신이 실패했다는 기분을 느꼈다.

목표 설정과 관련해 사용하는 단어가 문제였다. 그 문장은 완전해야 한다는 결론을 담고 있었으며, 명령조였다. 군대 훈련 조교의 목소리였다.

"병사들이여! 6시에 일어나라. 출근하기 전에 1000자를 집필해야 한다. 45일 안에 이야기를 완성해야 한다. 제군들의 손에서 피가 흐르거나 말거나 나는 관심 없다. 써라! 써라! 써라!"

이게 그렇게까지 나쁘지 않더라도, 조교 앞 땅바닥에 누워 있는 사람은 아버지에게 등 떠밀려 들어온 신병, 훈련의 열망이 없는 신병이 되고 만다. 그는 다음과 같이 중얼거릴 것이다. 하지만 당신 귀에 들릴 만큼은 큰 목소리로.

"난 잘하지 못해. 내 이야기는 지루해. 작가들은 모두 나보다 손가락 끝이 여물어. 난 그렇게 할 수가 없어."

대다수의 사람들에게 스마트한 목표의 목소리는 도움이 되지 않는다.

문제가 있는 것은 명령투만이 아니다. 굉장히 멋지게 해나가고 있는 작가들조차 모임에 와서 자신이 목표를 완전히 달성하지 못하고 실패했다고 동료들에게 머리를 조아린다. 5000자를 썼더라도, 목표가 6000자를 쓰는 것이었다면 성과는 실패의 감정으로 얼룩지게 된다. 이런 감정은 글을 쓸 동기와 자신감을 앗아간다.

물론 나는 사랑하는 작가들이 내 모임에서 이런 감정을 느끼길 바라지 않는다. 모두 승리자 같은 기분을 느끼고, 모임에 와서 "이번 주는 정말 끝내줬어"라고 말하면서, 그다음 2주일 동안 더 많은 행운이 생기고, 긍정적인 기분으로 집필하게 되리라고 생각하면서 집으로 돌아가길 바란다. 영감을 받고 모임을 마무리할 때, 나는 훈련 조교의 목소리로 참석자들에게 "앞으로 2주 동안 ○○○(달성할 목표)을 위해 노력하세요"가 아니라, 다음과 같은 말로 마무리했다.

"앞으로 2주 동안 _____ 하면 무척 기쁠 것 같네요."

그러자 다음 모임에서 사람들은 에너지가 넘치는 상태로 참석했다. 그리고 자신이 지난 2주 동안 무엇을 해냈는지 이야기했다. "앞으로 2주 동안 세 챕터를 편집하면 무척 기쁠 것 같네요"라고 말했던 사람은 두 챕터만 편집을 마치고 모임에 참석했지만, 더 이상 기대를 충족하지 못했다는 패배감을 느끼지 않고, 오히려 성공했다는 기분을 느끼면서 이렇게 말했다. "세 챕터를 편집하려고 했지만, 일단 두 챕터를 끝내서 기쁩답니다."

이제 작가들은 자신이 목표를 완벽히 달성하지 못했다는 이야기 대신, 어떤 성공을 했는지 이야기했다. 아직도 내가 작가들에게 '오직'이나 '반드시' 같은 단어를 사용하지 말라고 말해야 할 만큼 작가들이 완벽주의 습관을 다 버린 건 아니지만, 전체적인 어조는 훨씬 더 긍정적이 되었다.

목표에 대해 말할 때 고작 한 단어를 바꾸는 게 얼마나 차이가 있겠느냐고? 있다. 간단히 말해 도파민을 생성시킨다. 신경과학적으로 설명하자면, 일을 할 때 고삐®가 작동한다.

고삐는 뇌의 변연계의 일부로, 동기 및 기분에 기여한다. 축하할 만한 일이 생기면, 고삐는 좋은 기분과 관련된 호르몬인 도파민을 내보낸다. 하지만 실패를 먹이로 주면, 우리로 하여금 호의적인 기분을 잃게 하고, '도망쳐!'라는 메시지를 보낸다. 우리 뇌에 어떤 행동을 피하라는 메시지를 보내는 것이다.

《잘 디자인된 인생Well Designed Life》의 저자 카이라 보비닛Kyra Bobinet

● habenula, 척추동물에서 진화적으로 보존된 뇌 영역으로, 이곳의 신경세포는 도파민 및 세로토닌 분비에 관여하는 타 영역의 신경세포를 조절하는 기능을 한다.

박사가 블로그에 게재한 '과정의 힘'이란 글은 고삐를 잘 설명하고 있다.

> 이것은 우리가 성공하지 못한 행동을 반복하여 시간을 낭비하는 일 (혹은 스스로를 위험에 처하게 하는 일)을 방지하게 사고하는 유용한 도구다. '성공이 아니면 실패'의 개념으로 목표를 측정할 때, '성공하지' 못한 경우 고삐는 한 번 더 시도할 동기를 죽여버린다. 이것은 수많은 다이어터, 소설가 지망생, 영감이 넘치는 기업가 들을 원점에서 꼼짝 못 하게 만든다.

그렇다면 이제 나는 스마트 목표 설정 기법을 사용하지 않을까? 여전히 잘 사용한다. 나는 초고를 완성하고, 그다음 완성 원고에서 출간에 이르는 길까지의 단계에서 스마트하게 목표를 설정하는 것이 중요한 역할을 한다고 믿는다. (더 나은 방법으로 '스마터SMARTER' 기법도 있다. 추가된 E는 '흥미로운Exciting'이고, R은 목표자의 성향에 따라 '보상Rewarded'이 될 수도, '위험Risky'이 될 수도 있다.)

장기적인 목표를 설정할 때 나는 스마트(혹은 스마터)를 사용한다. 앞서 말했듯 스마트(터)한 목표는 완성 상태를 말한다. 하지만 그 목표를 얻어내는 과정에서 이룰 자그마한 목표들은 도파민을 죽이지 않도록 스마트(터)하게 설정하지 않는다. 조그마한 승리, 행위, 성공이 도파민을 생성하는 고삐에 불을 당기고 기쁨을 느낄 수 있는 방법으로 목표를 대해야 한다.

당신은 목적지에 도착하는 것만 중요하게 여기는 사람인가, 아니면 그 여정(과정)을 즐기는 사람인가?

나는 목적지에 도착하는 것만큼이나(혹은 그 이상으로) 과정을 즐긴다. 하이킹을 갈 때면 전나무 냄새를 맡고, 강과 절벽을 구경하려고 멈춰 서서 즐거워한다. 나는 과정에 초점을 맞추는 유형이다. 반대로 내 남편은 머릿속에 떠올린 어떤 지점에 도착하는 것이 전부인 사람이다. 우리의 목적지가 그의 목표다. 그에게 하이킹의 즐거움은 목표 지점에 도달하는 것이다. 내게는 어떻게 목표 지점까지 가느냐고.

예상할 수 있겠지만 전통적인 스마트 목표 설정 방식은 소송관리인인 내 남편에게는 무척이나 효과적이다. 하지만 내 창조적인 자아는 내가 갈 길을 정할 때 방향성이 있는 계획을 사용한다.

1970년대 경영관리 분야 연구자들은 범주 및 방향에 초점을 맞추는 것이 목표-실패의 순환 고리를 이기는 효율적인 방법이라고 말했다. 하버드 경영대학원의 마이클 맥카스키는 논문 〈개인의 계획 세우기에서 목표와 방향성Goals and Direction in Personal Planning〉에서 이 같은 접근법을 연구했다.

> 범주는 운영하고자 원하는 영역이다. … 범주 선택은 어디까지 행동하고 실행할지를 나타낸다.

방향은 어떤 사람이 되길 바라는지에 대한 상징적인 표현이다. …
방향 결정은 자기 점검 및 자신이 어떤 사람인지에 대한 개인의 깊
이 있는 이해에 기반한다.

범주와 영역에 관해 생각할 때 다음의 질문을 던져보는 것이 하
나의 방법이 될 수 있다.

· "넌 뭘 하고 싶니? 스스로의 선택과 주어진 의무, 넌 어느 쪽일
때 더 잘할 수 있니?"

방향을 결정하는 데는 다음과 같은 질문이 도움이 될 수 있다.

· "난 누구지?"

목표 설정과 방향성 있는 계획의 주요한 차이점은 목표로 나아가
는 여정을 시작할 때 결과 지점이 명확하지 않다는 사실을 허용하
느냐 아니냐에 달려 있다. 방향성 있는 계획은 진행 중인 일에 적응
해나가고 반복하여 행동하는 방식을 허용한다. 과정을 해나가면서
배워나가고, 실수를 저질렀다거나 뭔가 잘못했다는 기분을 느끼지
않고 당초의 계획을 수정할 수 있게 해주는 것이다.
연구자들에 따르면 MBTI 성격 유형 중 감각형(S), 사고형(T)은 전
통적인 목표 설정 방식에서 보다 더 편안한 기분을 느끼고 성공한

다고 말한다. 반대로 감정형(F), 직관형(N)은 영역 및 방향성 모델을 사용하는 편이 훨씬 잘 맞는다.

• 연습 1 │ 스마트한 목표에 기쁨을 집어넣어라

마감일이 있는 목표(스마트, 스마터, 기타 등등의 방식으로)를 설정한다면, 종이 가장 꼭대기에 목표와 마감일을 적는다. 아마 다음과 같은 문장이 될 것이다.

- 내 책《○○○○○》의 초고 6만 5000자를 ○월 ○일(합리적인 날짜를 설정한다)까지 완성할 것이다.

현재까지 쓴 단어가 목표한 단어 수의 절반도 되지 않고, 마감일이 몇 주밖에 남지 않았다고? 그러면 목표를 달성하기 위해 당신이 모아야 하는 모든 조각을 고려하라. 이는 단순히 단어 수와 관계된 문제가 아니므로(산수가 즐거운 사람이 어디 있을까?), 창조적인 부분에서 앞으로 씨름해야 할 내용들에 집중하면 좋다. 예를 들면 다음과 같다.

- 고대 그리스의 광부들이 지하 광산에서 광물을 어떻게 밖으로 옮겼는지에 관한 조사를 다 끝낸다.
- 이야기 중반부의 중심 플롯을 짠다.
- 여주인공이 나쁜 놈을 죽일 10가지 방법을 작성해본다.

이제 달력에 당신이 즐거울 만한 일들을 채워넣어라. 이를테면 다음과 같다.

- 1주: 여주인공이 광산에서 광물을 어떻게 옮길 것인지 알아내면 즐거울 것이다.
- 2주: 1차 터닝포인트(기회), 2차 터닝포인트(계획 변경), 3차 터닝포인트(돌이킬 수 없는 지점), 4차 터닝포인트(주요 후퇴), 5차 터닝포인트(클라이맥스)에서 어떤 일이 일어날지 분명히 알아내면 즐거울 것이다.
- 3주: 여주인공이 세 명의 악당을 3가지 다른 방식으로 물리치는 세 장면을 쓰면 즐거울 것이다.

여기에서 핵심은, 하루(혹은 한 주) 정도 글을 못 썼다고 해서 곧장 고삐의 부정적인 면을 자극하지 않고, 자그마한 목표를 달성하는 과정을 사랑할 방법을 찾는 것이다.

이를테면 조그마한 목표(플롯 설정)를 마감일 내에 달성하지 못했다고 생각해보자. 그 경우 다음의 두 문장 사이의 차이점을 느껴보라.

- 이번 주는 주인공이 감옥을 빠져나오는 방법을 알아내는 데 쓸 거야.

- 이번 주에 주인공이 감옥을 빠져나오는 방법을 알아내면 얼마나 즐거울까!

첫 번째 문장처럼 생각했다고 해보자. 주인공이 결백을 입증할 내용이 담긴 휴대전화 동영상으로 목숨을 건질 수 있다는 사실을 당신이 깨닫는 데 열흘이 걸렸다면, 적어도 이틀 정도는 자기 자신과 가엾은 주인공에게 집중하지 못하고 초조했을 것이다.

하지만 해결책을 알아낼 경우 기쁠 거라고 생각하면, 휴대전화 동영상 아이디어가 '제때' 떠오르지 않아도 답을 찾았을 때 도파민이 분출될 것이다.

더욱더 좋은 것은, 다음 도전 과제를 행하게 만드는 자극이나 동기는 이 목표를 제대로 수행하지 못했을 때 더 커진다.

집필 작업을 완료했을 때 느낄 즐거움을 생각하라. 그러면 집필 과정에서 느끼는 감정이 크게 변화할 것이다.

• 연습 2 | 작가로서 자신의 영역을 알라

당신이 "나는 누구인가?"의 답을 알고 있다고 하자. 즉 '나는 작가다'라고 대답한다는 말이다.

당신이 작가라는 사실을 염두에 두고 다음의 두 가지 질문에 답하라.

- 작가로서 무엇을 하고 싶은가?
- 작가로서 어떤 장르에 발자취를 남기고 싶은가?

앞의 질문에 논리적, 분석적인 것이 아니라 자유롭게 답변하고 싶은가? 그렇다면 상징적인 이미지를 그려보라. 즉 자신의 집필 분야와 관련된 에너지, 감정, 흥미 등을 대변하는 이미지로 콜라주 작업을 해보라.

잡지를 펼쳐서 이미지를 자르고 붙여라. 잡지가 아니라도 좋다. 구글에서 이미지를 검색해서 출력해도 좋다. 작가로서 당신의 마음에 와닿는 이미지를 찾고, 자르고 붙여서 작가로서 자신의 미래에 관한 콜라주 그림을 만들어보라. 의미가 있는 단어를 덧붙여라. 그러고 나서 그 그림을 모니터 배경화면으로 깔아두거나 프린트해서 글을 쓰는 공간에 붙여둬라.

콜라주는 자신과 맞지 않는다고? 다른 방법으로 작가로서 자신의 미래를 이미지화할 수 있다. 글을 게재하고 싶은 잡지를 가지고 다니고, 거기에 들어갈 글을 써보고, 자신이 동질감을 느끼는 등장인물이 나오는 책이나 영화 목록을 만들어보는 방법도 있다.

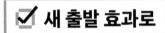

✓ 새 출발 효과로

✓ 원하는 행동을 하는 법

✓ 15

"편안한 일만 하느라 자신이 할 수 있는 일을 얼마나 미뤄왔는가?"

_ 제임스 클리어James Clear

내가 첫 소설의 초고, 첫 단어를 쓴 날부터 책을 손에 받아들기까지 꼬박 10년이란 세월이 걸렸다. 10년이다. 생각하기에 따라서는 긴 시간이지만, 중요한 프로젝트에 투입한 시간으로는 찰나였다.

목표를 달성할 거라고(살을 뺄 거야, 이직할 거야, 책을 쓸 거야) 말하는 횟수가 많아질수록 우리는 그 일에 실패한다. 이러한 선언을 하는 횟수가 적을수록 성공한다. 우리는 이 같은 사실을 입증하는 온갖 연구를 알고 있다.

이는 우리의 마음이 '예전에 시도해봤는데 실패했으니 성공하지 못할 게 이미 입증된 거야. 그런데 뭐 하러 힘들게 다시 도전해?'라는 조그마한 메시지를 보내는 것과 관련이 있다. '나는 실패하고 싶지 않아. 다시는 나를 실패하게 만들지 마.' 바보 같은 시도를 하고, 실패가 패턴화되면, 우리는 스스로 한 약속은 믿을 수 없다는 걸 배우게 된다.

한 친구가 몇 번쯤 약속에 늦었다. 그런데 이번에는 분명히 제 시간에 나오겠다고 말한다. 어떤 기분인가? 친구를 믿어보려 애쓰지만, 마음속으로는 혼자 커피를 마시며 기다릴 준비를 한다. 그렇지 않은가?

우리가 스스로와 한 약속을 행하려고 할 때도 똑같은 일이 일어난다.

내 이야기로 돌아가보자. 내 책은 내가 쉰 살이 되기 3주 전에 출간되었다. 우연히 그렇게 된 게 아니다. 100퍼센트 의도적인 것이다. 나는 마흔 살 때 소설 집필에 착수하는데, 이 원고는 《버림받은 연인들을 위한 마더 테레사의 충고Mother Teresa's Advice for Jilted Lovers》로 발전했다. 나는 책을 쓰고, 그것을 출간하리라고 결심했다. 마흔아홉 살 무렵 두 권의 소설을 완성했지만 그냥 깔고 앉아 있었다. 세상에 내보이기가 두려워서였다. 사람들이 내 이야기를 싫어하고, 그리하여 나까지 싫어하게 되면 어쩌나 심각하게 두려웠다. 하지만 쉰 살의 전환점에서(의미 있는 나이다) 나는 공포를 밀어내는 데 필요한 동기를 얻었다.

소설을 자비 출판하고 나서 몇 달 후 나는 한 가지 사실을 깨닫게 되었다. 내가 살아오면서 몇 차례 큰 변화, 즉 지표를 통해서 행동에 대한 동기를 부여받아 왔다는 것이다. 이를 깨닫자 나 같은 사람이 많은지 혹은 나만 그런지 알고 싶어져서 약간 조사를 했다. 그리고 이것이 나만의 특별한 사례가 아님을 알게 되었다. 다시 말해 수십 년간의 변화가 지표가 되어 행동의 동기를 일으킨다는 것이다.

인생의 지표는 우리가 목표를 달성하게 도와준다. 그것들이 현재의 행동과 미래의 소망 사이의 간극을 두드러지게 드러내기 때문이다. 모든 연구가 이 사실을 지적한다.

이같이 과거 혹은 현재의 행동과 미래의 소망을 구분하는 일은 우리에게 '과거의 실수를 잊고 새 출발할' 기회를 준다. "지금이 그 때야"라고 말한다.

지표가 나타나기 전의 행동은 과거의 자신에게 할당된다. 지표가 나타난 후 어떻게 행동하느냐가 현재를, 더 나은 자신을 결정한다. 이 때문에 연구자들은 '지표' 현상을 '새 출발 효과fresh start effect'라고 부른다.

인생의 지표는 정신적 정산 기간이라고도 볼 수 있다. 지표는(때로 강제로) 그 이전의 자신은 과거의 자신으로 바라보게 하고, 현재의 자신에 집중하고 더 나은 새로운 자아를 보게 한다.

지표는 강력하다.

10년 전의 자신을 생각해보라. 좋은 부분, 나쁜 부분, 추했던 모습, 평범한 모습, 훌륭했던 모습….

어떤 생각이 드는가?

마음의 눈으로 보았을 때 자신의 예전 모습에서 몇 개의 이미지가 떠오르는가? 다 다를 것이다. 하지만 그것이 지금의 나는 아니다.

지표 현상, 혹은 새 출발 효과를 연구하는 사람들은 우리가 과거의 자신이나 현재의 자신을 긍정적인 현재의 관점에서 비교한다는 사실을 발견했다. 우리 대부분은 현재의 자신과 비교하여 과거의 자신을 부정적이거나 실패한 부분으로 기억한다.

이것은 목표를 달성하게 도와줄 환상적인 도구가 된다. 오늘의 비생산적인 행동이 내일은 과거의 자신이 저지른 행동이 된다고 뇌가 믿도록 속일 수 있기 때문이다.

이런 상황을 찾는 건 딱히 어렵지 않다. 우리는 술을 그만 마시겠다고, 담배를 끊겠다고, 디저트를 먹지 않겠다고, 종일 넷플릭스만 보지 않겠다고 결심한다. 아침에 일어난 뒤 행동이 한계점에 도달하고서야 이렇게 말한다. "어제까지는 휴대폰 게임을 하느라 하루한 시간씩 낭비했지만, 오늘은 통근 시간을 이용해서 글을 쓰는 데필요한 생산적인 일을 할 거야."

그리고 우리는 그렇게 한다. 더 이상 자신에게 즐거움을 가져다주지 않는 행동을 그만둔다. 아이스크림을 먹지 않는 동안에 '디저트 덕후'는 과거의 자신이지 현재의 자신이 아니라고 생각한다. 요가 강습을 받으러 가고, 튀긴 감자칩이 아니라 신선한 감자를 구입하고, 페이스북을 들여다보는 대신 쓰던 원고를 꺼낸다.

당신은 책을 쓸 수 있다. 습관 한두 가지만 변화시키면 될 일이다. 이것이 당신의 새 출발 행위다. 또한 이 책을 읽는 행위가 지표가 될수도 있다. 책을 쓰지 못했던 과거의 자신과 출간 작가로서 미래의 자신 사이의 간극을 깨뜨리게 하는 지표 말이다.

당신이 이 책을 읽으면서 생각해야 하는 것은 당신의 일상이 곧 변화할지 아닐지다. 이를테면 당신은 휴가를 갈 것인가? 새 직업을 얻을 것인가? 아니면 학교를 새로 들어갈 것인가, 혹은 그만둘 것인가? 인생의 어떤 영역에서 평소 습관을 바꾸는 중이라면 다른 영역에서도 새로운 습관을 들이고 새로운 출발을 하기란 어렵지 않다.

하지만 우리 보통 사람들은 특정한 기간 동안 행동을 변화시키는 데 성공한다 해도 얼마 후 과거의 행동으로 되돌아간다. 또한 불행하게도 대부분은 한번 과거의 습관으로 돌아가고 나면, 특정 기간 동안 생산적인 습관을 잘 유지하지 못한다. 그리고 우리는 6개월 동안 금연한 것, 임신 기간 동안 술을 마시지 않은 것, 건강을 회복하기 위해 4개월 동안 다이어트식을 실천한 것을 커다란 성공이 아니라 실패로 본다. 오히려 크리스마스에 음식을 폭식하거나 저녁 식사를 하면서 와인을 한잔 마신 일에만 초점을 맞추어, 과거의 식습관이나 음주 습관으로 서서히 되돌아가게 된다.

이 같은 생각에는 잘못된 점이 있다. 특히나 우리의 현재 목적, 즉 초고 완성에 있어서는 더더욱 그렇다.

목표를 달성하도록 도와주는 습관 변화는 평생 그 습관을 실천해야 변화에 성공하는 것은 아니다. 당신은 웨딩드레스를 예쁘게 입고 싶어서 어떤 방법을 실천해 5킬로그램을 감량하기로 했다. 그리고 5킬로그램을 감량하고, 결혼식 날 목표 체중을 달성하고 결혼식을 올린다. 그 후 다시 몸무게가 원래대로 돌아왔다. 당신은 목표를

100퍼센트 달성했다. 그런데 너무나 많은 사람이 몸무게가 원래대로 돌아오면 자신이 다이어트에 실패했다고 느낀다. 그건 실패가 아니다. 성공한 이후에 목표 지점이 변화한 것일 뿐이다.

목표를 달성한 때와 그 후에 목표 지점이 변화한 때를 구분하라. 5킬로그램을 감량하고, 술을 끊고, 휴대전화 게임을 하지 않는 일에서 원동력은 똑같다. 당신의 원고를 완성하게 해주는 원동력 또한 이것이다.

자신에 대해서, 그리고 과거의 자신이 이룩한 성공을 충분히 긍정하라.

첫 번째 연습 문제. 당신이 그만두었던 나쁜 습관 한 가지를 떠올려보라. 그리고 왜 그 습관을 그만두기로 했는지, 목표를 달성했을 때 어떤 기분을 느꼈는지 생각해보라. 그러고 나서 두 번째 연습 문제로 넘어가라. 성공에 관한 동전의 양면과 같은 문제다. 이번에는 당신이 길렀던 긍정적인 습관을 떠올려보라. 그 습관이 어떤 것인지, 어째서 그 습관을 기르기 시작했고, 성공했을 때 어떤 기분을 느꼈는지를 글로 써보라.

나쁜 습관을 그만둔 것, 오래 지속하지는 못했지만 새로 길렀던 좋은 습관, 이 두 가지 모두 성공이다. 좋은 습관을 새로 기른 적이 있다면 평생 유지하지 못했더라도 이것은 성공에 속한다. 다음의 두 가지 연습 문제는 뇌가 의식 수준에서 과거의 성공을 기억하여, 다시 한번 그러한 성공을 일굴 수 있다고 믿게 만들기 위해서 하는 것이다. 책을 집필한다는 목표가 그때의 목표만큼 중요하다면, 앞서의 연습은 성공으로 나아가는 크나큰 추진력이 될 수 있다.

• 연습 1 | 나쁜 습관을 끊어낸 적이 있는가?

예전에 그만두었던 나쁜 습관 한 가지를 써보라. 아주 잠깐 유지되었어도 괜찮다. 그 습관을 어떤 동기에서 그만둘 수 있었는지, 그리고 성공했을 때 어떤 기분을 느꼈는지 써보라.

- 그만두었던 습관이 있는가?
- 왜 그만두었는가?
- 성공했을 때 어떤 기분을 느꼈는가?

• 연습 2 | 좋은 습관을 기른 적이 있는가?

살아오면서 실천했던 긍정적인 습관 한 가지를 써보라. 아주 잠시 유지되었어도 괜찮다. 그 습관을 어떤 동기에서 시작했는지, 그리고 성공했을 때 어떤 기분을 느꼈는지 써보라.

- 그만두었던 습관이 있는가?
- 왜 그만두었는가?
- 성공했을 때 어떤 기분을 느꼈는가?

이제 어떤 글쓰기 습관이 당신의 글쓰기 목표를 달성하게 해줄지 알아내보자. 단어를 글로 옮기는 습관을 기르지 못하는 한 원고를 완성할 수 없다.

당신의 글쓰기 목표를 달성하게 해줄 것 같은 습관들을 적어보라. 출간 작가들이 공통적으로 지닌 습관들을 아래에 적어보았다. 당신에게도 중요하다고 느껴지는 습관들을 노트에 적어보아라.

① 규칙적으로 글을 쓰고, 주간 글쓰기 목표를 달성하라.

• 1일, 혹은 1주당 몇 자를 쓸 것인가?

• 키보드 앞에 몇 시간 앉아 있을 것인가? 구체적으로 쓰라.

② 작업 환경을 만들어라. 다음 중 어디에 초점을 맞출 것인가?

• 편안한 책상과 의자

• 각종 휴대전화, 메시지 등 알람 끄기

• 화장실에 다녀오고, 커피 잔을 가득 채우기

③ 당신이 쓰는 장르의 책을 읽어라. 어떤 장르인가?

• 베스트셀러

• 좋아하는 작가의 책

• 도서관 사서가 추천한 책

④ 당신의 글을 발전시키는 데 필요한 도움을 줄 분야의 책을 읽고, 블로그를 검색하고, 팟캐스트를 청취하고, 강좌를 들어라.

- 온라인 서점과 서평 등을 검색하여 자신의 글에 관한 아이디어를 얻어라.
- 글쓰기에 관한 팟캐스트 등을 찾아보라.

⑤ 당신 자신의 아이디어

- 직감이 하는 말을 무시하지 마라. 그 말은 매일 아침 커피숍에서 글 쓰는 습관을 기르는 것일 수도 있고, 퇴근 후 차에서 글을 쓰는 일일 수도 있다. 도움이 될 것 같다는 생각이 든다면 바로 적어놓아라.

• 연습 4 | 그만두어야 할 것 같은 습관은 무엇인가?

다음으로 알아내야 할 일은 버려야 하는 비생산적인 습관이다. 그렇게 하면 새로이 규정한 글쓰기 습관을 기를 시간이 생겨난다.

어느 것이 좋은 습관이고, 또 어느 것이 나쁜 습관인지 정확히 판단하기가 힘들 수도 있지만, 꼭 해야 하는 일이다. 초고 완성이라는 목적을 위해 그만두어야 할 습관(행동)을 써보아라. (휴대전화 게임은 삭제했다가 일단 원고를 완성한 뒤에 다시 설치하라!)

글을 쓸 시간을 확보하기 위해 그만두어야 할 습관이 휴대전화 속 앱과 관련이 있는가? 당장 삭제하라. 어떤 기계인가? 당장 치워라. 당장.

정리해야 할 일상(습관)이 특정 사람과 관계된 것인가? 시간을 내서 그 사람에게 당신이 책을 써야 하는데 어떤 일이 방해가 되니 그만둘 수 있도록 도와달라고 청하라.

이외의 일이라면 어떻게 해야 할지 당신 스스로 알고 있을 것이다. 지금 당장 하라! 중요하다. 당장 하라.

마지막 연습 문제는 '새 출발 효과'를 활용한 글쓰기 방법을 알아내기 위한 것이다. 생각해내는 것에 시간이 좀 걸릴 수 있으나, 이 과정을 거치면 나중에 애매하게 몇 달, 몇 년을 허비하지 않을 수 있다.

① 소소한 글쓰기 습관을 정하라.

쉽게 실천할 수 있거나, 혹은 더 많이 실천할 수 있도록 소소한 습관을 정하라. 짧고 구체적인 선언문 형식으로 작성하면 좋다.

매일 15분씩 글을 쓸 것이다.

② 촉매가 될 만한 환경을 조성하라.

당신이 거의 빼먹지 않고 행하는 기존의 습관을 새로운 습관과 연결시켜라. 양치질을 한다든가, 잠이 들기 전에 책을 읽는다든가 하는 일들을, ①의 선언문과 연결하는 것이다.

매일 저녁 설거지를 하고 나서, 15분 동안 글을 쓸 것이다.

③ 보상을 정확히 정하라.

글쓰기 목표를 완수할 때마다 스스로에게 간단한 보상을 하라. 단, 즉시 시행할 수 있는 보상이어야 한다. 몇 주 뒤 혹은 몇 달 뒤의 휴가를 보상으로 정하지 마라. 또한 보상은 물리적인 것이어야 한다. 3분간 춤을 춘다든지, 초콜릿 한 쪽을 먹는 것 정도가 적당하다.

저녁 설거지를 하고 나서, 15분 동안 글을 쓰고, 그 보상으로 초콜릿 한 쪽을 먹을 것이다.

④ 시행하라.

어째서 자신이 반드시 작가가 되어야 하는지 스스로에게 확실하게 말해보자. 다음의 문장을 완성해 해보라.

(당신에게 촉매가 될 환경) 할 때, 나는 (글쓰기 습관 목표)을 할 것이다. 내가 사람이기 때문이다.

나는 저녁 설거지를 하고 나서, 책상에 앉아서 15분 간 내 글을 쓸 것이다.

⇒ 나는 스스로와 한 약속을 지키는 사람이기 때문이다.

⇒ 나는 좋아하는 일을 하는 데 시간을 할애할 때 가치를 느끼는 사람이기 때문이다.

⇒ 나는 이야기 (내가 쓴 이야기도 포함하여!)에 좋은 일을 하게 만들 힘이 있다고 믿는 사람이기 때문이다.

자, 이제 새로운 습관을 들였다면, 마지막 단계가 남았다. 새로운 습관을 매일 매일 실천할 수 있다는 생각은 환상이다. 하루(혹은 이틀이나 사흘) 정도 건너뛰는 것은 100퍼센트 괜찮다. 단, 당신이 한 주 동안 이 시간만큼 혹은 매일 쓰기로 정한 단어 수만큼 보충한다면 말이다. 달성하는 데 더 오랜 시간이 걸리는 목표라면 한 달 안에 보충해도 무방하다.

자신의 글쓰기 과정을 시각적으로 상상하는 것이 도움이 되는 사람도 있다. 자, 당신이 할당량을 측정하는 데 사용할 수 있는 효율적인 방식 두 가지를 소개한다. 이 방법이 필요 없어도 될 만큼 글쓰기 습관이 들 때까지 사용하라.

• 목표 1 | 10주 동안 주당 5000자 쓰기(총 5만 자 작성)

아래와 같이 표를 만들어보자. 주 별로 한 행씩 할당하고, 매일 몇 자씩 썼는지 해당 칸에 색칠을 하라. 4주 후 어떻게 될까?

날짜/주	500자	1000자	1500자	2000자	2500자	3000자	3500자	4000자	4500자	5000자	5500자	6000자
1주												
2주												
3주												
4주												

• 목표 2 | 1일 30분 쓰기(1개월 동안 총 15시간)

1개월 동안 15시간 글을 쓰겠다는 목표를 달성할 때까지, 혹은 달성했다고 확신할 때까지 표에 색칠을 하는 방식이다. 실제로 글을 쓴 날은 들쑥날쑥하다.

6시간 45분 동안 글을 썼다면 다음과 같을 것이다.

분	15	15	15	15	15	15	15	15	15	15	15
3시간											
6시간											
9시간											
12시간											
15시간											

 어디에서부터,

 그리고 어떻게 시작할지 모를 때

 16

"초고의 목적은 발견에 있다. 피터 드러커Peter Drucker는 이것을 '제로 드래프트 (zero draft, 초고의 초고)'라고 불렀다. 시범안, 테스트안, 드레스리허설, 연습고, 개요, 실험고 등으로 불러도 무방하다."

_ 도널드 머리

나는 내 글쓰기 코칭이 어떤지 궁금해하는 작가 지망생들을 위해서 전화로 30분 무료 코칭을 진행하고 있는데, 전화 코칭을 하기에 앞서 몇 가지 질문을 보낸다. 그 과정을 통해 함께 일하기 전에 상대가 어떤 사람인지, 그가 집필 과정 중 어떤 단계에 있는지 파악한다. 나는 문법이나 문장의 완결성에 지나치게 집착하지 말고, 마음에 떠오르는 내용을 간단히 기록하되, 그 대답을 평가하지 말라고 조언한다.

어떤 작가 지망생과 상담을 하든, 내가 30분짜리 전화 코칭을 가치 있게 만드는 비결은 간단한 질문 두 가지다.

1. 당신이 붙잡고 고생 중인 이야기(책)는 무엇입니까?

2. 무엇이 글쓰기 작업에 훼방을 놓습니까?

나는 책에 대해서 마음속에 가장 먼저 떠오른 대답을 쓰는 데 보통 얼마나 걸리는지는 잘 모르지만, 간략한 소개글이라는 것이 대개 얼마나 애매모호한지는 안다.

> 이건 회고록이다. 아니 소설일까? 아니, 어쩌면 선정적인 기고문일까? 나는 잘 모른다. 하지만 이것은 스스로 문제에 휘말린 소녀들에 대한 이야기다. '노도 없이 강물을 거슬러 올라가는 일'이 어떤지 열변을 토하려는 건 아니다. 그러니까 내 말은 어느 순간 우리가 다양한 방식으로 문제에 부딪힐 수 있다는 뜻이다.

이것은 내가 쓴 것이다. 이 책에 관한 아이디어는 10여 년 간 내 마음속에 들어앉아 있었다. 이 아이디어는 뭉근히 졸여지고, 나도 모르는 새에 다양한 프로젝트로 조금씩 나타났다.

나는 작가 지망생들이 간단하게 쓴 요약문을 보고 질문할 거리를 찾고, 대답을 청하고, 그들이 쓴 글에 끼워넣었다. 내가 물은 것은 '무엇', '어째서', '어떻게'다. 당신은 무엇을 아는가? 작가란 종족은 모두 자기 아이디어를 장황하게 늘어놓을 수 있다. 글로 구조화할 수 없다 해도, 말로는 전혀 막힘없이 자기 이야기의 뼈대를 설명할 수 있다.

그러고는 작가 지망생들은 집필 과정에 대해 다음과 같은 좌절감 섞인 한탄을 늘어놓는다.

"그런데 대체 어디에서 시작해야 할지 모르겠어요."

작가 지망생들이 목표를 향해 한 걸음 나갈 수 있게 돕는 30분짜리 코칭을 하는 내게 이것만큼 좋은 질문이 없다. 그들이 이미 내가 피드백을 줄 수 있을 만큼 충분히 자기 이야기(그게 소설이든 논픽션이든)를 설명했기 때문이다.

"제게 설명한 그 이야기를 그냥 쓰기만 하면 돼요. 거기서부터 시작하면 됩니다. 어쩌면 한 문장 한 문장이 어떤 장면(한 챕터)으로 발전시킬 만한 것일 수도 있어요. 그럼 해트트릭이죠! 적어도 지금 초고 단계에서는요."

핵심은 머릿속에서 뱅글뱅글 맴도는 아이디어를 끄집어내는 것이다. 그 아이디어들을 모니터나 종이 위에서 보아야 한다. 이것이야말로 아이디어에 생명을 주는 일이다.

당신에게는 이야기의 아이디어가 있다. 그것이 얼마나 명확한지는 상관없다. 2분 동안 가능한한 상세하게 그 아이디어를 적어보라. 아무도 읽지 못하리라고 여기면서 써라. 당신 말고는 누구도 그 이야기를 읽을 수 없기 때문이다.

두서없이 서술을 끝마쳤다면, 한 문장(어떤 문장이든 상관없다)을 뽑아서 '어떻게?', '왜?', '무엇을?', '어디에서?', '누가?', '언제?' 같은 질문을 하여 깊이 파고들라. 모든 질문에 답할 수는 없을 것이다. 그래도 된다. 그저 이야기를 쓰는 데 단초가 필요할 뿐이니까 말이다.

이를테면 당신이 다음과 같은 이야기를 간략하게 서술했다고 하자.

어느 날, 한 젊은 여인이 거짓말을 하는 사람들을 실토하게 만드는 초능력이 자신에게 있음을 깨달았다.

이 문장을 선택해서, 몇 가지 질문을 하고 그 대답을 '명료하게' 써라. 초고로서 가치가 없다고 느껴진다면, 이것을 '초고의 초고'라고 불러라.

여인은 어떻게 자신의 초능력을 알게 되었는가?

• 장면을 써보라.

그녀는 어째서 이 힘을 연마하는 방법을 알아내고 싶은가?

• 장면을 써보라.

이같이 유용한 힘을 가지고 어떤 직업을 얻을 수 있을까?

• 그녀의 직업에 대해 적어보라.

그녀는 누구에게 이 능력을 사용하는가?

• 어떤 사람의 진실을 밝히고 싶은지 생각나는 대로 죽 써라.

답변을 다 썼다면, 이제 초고를 어디에서, 혹은 어떻게 시작해야 할지 모르겠다면서 걱정하지 않아도 된다. 이미 시작했으니까.

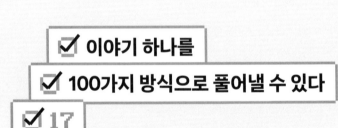

☑ 이야기 하나를
☑ 100가지 방식으로 풀어낼 수 있다
☑ 17

> "완벽한 것은 없다. 영원한 것도 없다. 끝나는 것도 없다. 글쓰기는 통찰력이라는 아름다운 돌을 갈고 닦는 연습이다."
>
> _ 리처드 R. 포웰Richard R. Powell

이 책을 시작하면서 내가 처음으로 쓴 것은 도입부였다. 초고로서는 충분히 괜찮았고, 따라서 나는 다른 장으로 넘어갔다. 며칠 후, 나는 처음 쓴 도입부가 완전히 이상하다는 판단에 이르렀다. 그래서 또 한 번 썼다. 그것도 썩 괜찮았다. 며칠 동안은.

나는 새로운 장을 썼고, 작업 중인 원고에 몇 자를 더했다. 그리고 새로운 도입부를 썼다. 이 책을 집필한 지 3주가 지날 무렵, 나는 도입부를 여섯 번이나 썼다. 글은 매번 조금 달라졌다. 어떤 면에서는 조금 더 나아졌는데, 또 어떤 면에서는 내가 (혹은 당신이) 그 글을 읽고 싶다고 느낄 만한 것이 하나도 없었다.

초고를 끝마치기 전에 나는 이제 막 글쓰기 코칭 과정을 시작한

분과 대화를 나누게 되었다. 그녀는 몇 년째 회고록을 '시작' 중이었는데, 자신이 절대로 그 원고를 끝내지 못하리라고 인식한 상황이었다. 초고를 작업하는 동안 그녀에게 그 이야기에 힘이 있다는 사실을 깨닫게 해줄 누군가가 나타나지 않는다면, 또 그녀가 책임감을 가지지 못한다면 결국 그 원고는 쓰이지 못할 것이었다.

나는 첫 번째 주에 그녀에게 과제를 내주었다. 회고록이 다루는 주제와 관련된 이야기의 개요를 간단하게 써보는 것이었다. 그녀는 쉽게 과제를 했고, 그런 뒤에 도입부를 쓰면서 작업을 시작했다. 나처럼 말이다. 그다음 주에 대화를 나눌 때, 그녀는 자기 인생담에서 도입부만 서로 다른 방식으로 네 번이나 완전히 새로 썼다고 강조했다.

"진짜 멋져요!" 내가 말했다.

"하지만 도입부가 네 가지나 필요하진 않잖아요." 그녀가 주장했다.

"당신은 이미 그렇게 했어요. 지난주에 몇 자나 썼나요?"

"8000자요."

"그러면 그 전에 6개월 동안 몇 자나 썼죠?"

"그렇게 많이는 못 썼어요." 그녀가 말했다.

"축하해요! 자, 이제 그 도입부들은 전부 한옆에 치워둡시다. 회고록을 어디에서 끝내야 할지는 생각하지 마세요, 어디에서 자를지도요. 그냥 이야기에 자신을 넣어서 써요."

우리 두 사람이 함께 나눈 이 경험, 다시 말해 어디에서 시작해야 할지 모르는 상황은 완벽히 정상이다. 특히나 개요부터 시작하지 않는 유형이라면 말이다.

시작하는 방법으로 좋은 것, 나쁜 것은 존재하지 않는다. 작가가 어떤 유형이냐는, 즉 플로터냐, 플랜스터냐, 팬처냐는 크게 보아 작가의 성격에 따른 것이다.(2장 참고) 내 경우 이것저것 시험해보니 플랜스터가 가장 잘 맞았는데, 내가 길을 걷기 전에는 어디로 가야 하는지 잘 파악하지 못하는 유형이기 때문이었다.

자, 당신이 나 같은 유형이라면(작가 중 절반은 비슷할 것이다), 초고 작업을 해나가면서 이야기와 등장인물들이 어디로 향하는지 알게 될 것이다. 그러면서 장면(혹은 챕터)을 쓰고, 수정하면서 자신을 발견하게 될 것이다. 그것도 괜찮다는 점만 알아두라.

크리에이티브 아카데미에서 나와 함께 글쓰기 코칭을 하는 아일린 쿡Eileen Cook은 수년 동안 수백 명의 소설가들과 작업했다. 그녀는 이렇게 말한다.

> "나는 종종 작가들에게 이야기를 20쪽 혹은 3장부터 시작하라고 제안합니다. 이야기로 진입하기 위해서는 이 부분을 써야 합니다. 그리고 수정하면서 종종 도입부를 들어낼 때도 있거든요."

사실 이야기 하나를 말하는 데는 적어도 백 가지의 방식이 존재한다. 크리스토퍼 부커Christopher Booker에 따르면 플롯은 일곱 가지로 구분된다. 이 사실을 통해 그는 우리에게 뭘 말하는 걸까? 우리가 가진 이야기는 저 일곱 가지 플롯 중 하나의 변형이며, 변형판이라는 말은 독자에게 특정 장르의 특정 사건을 기대하게 만든다는 뜻이다.

로맨스 장르를 예로 들어보겠다. 전통적인 로맨스라면 중심 줄거리는 여자가 남자를 만나는 것이다(여자가 여자를, 남자가 남자를 만날 수도 있다). 한 사람은 관계를 맺고 싶어 하고, 다른 한 사람은 관계를 망설인다. 그들을 우연히 만나게 하는 어떤 사건이 일어난다. 두 사람이 서로에게 의미 있는 사람임을 드러내는 또 다른 사건이 일어난다. 두 사람은 키스를 하고, 영원히 행복하게 산다(적어도 지금은 행복하다).

초고를 쓰기 시작했을 때, 당신은 이 두 주인공을 같은 장소로 오게 하는 가장 좋은 방법을 알고 있을 수도, 모르고 있을 수도 있다. 우선 상황을 조성한다. 그리고 계속 글을 써나간다. 그러다 문득 남자 주인공이 고소공포증 때문에 사랑하는 사람과 스카이다이빙 장소에서 만날 수 없다는 걸 '깨닫게' 된다. 당신은 되돌아가서 두 주인공이 만나는 장면을 다시 쓴다. 이야기를 계속 쓰다가 여자 주인공이 당신에게 자신은 굉장히 심한 마늘 알레르기가 있다고 말해준다. 따라서 이탈리아 레스토랑에서의 로맨틱한 저녁 식사는 결렬된다. 당신은 이제 두 사람을 일식 레스토랑으로 데려다 놓는다.

여기에서 핵심은 (당신이 플로터라고 해도) 초고를 쓰는 동안에는 이야기의 중반부에 도달할 때까지 계획했던 혹은 기대했던 방식으로 일이 진행되지 않을 수 있으며, 이 장소에서 저 장소로 바뀔 수 있다는 점이다.

글을 써나가는 과정에서 당신이 초기에 세운 계획과 기대한 것들이 모두 바뀔 수 있다는 점을 반드시 알아두자. 그런 일이 발생하면, 숨을 크게 들이마시고, 되돌아가야 하는 곳, 바꾸어야 할 곳을 메모하고, 그러고 나서 글쓰기를 계속하면 된다.

《낯선 자들과 위스키 마시기Drinking Scotch With Strangers》는 내가 처음으로 시도한 소설이다. 초고는 일인칭 시점이었는데, 쓰고 나자 이 소설이 삼인칭으로 쓰여야 하는 건 아닌가 신경이 쓰였고, 그래서 다시 썼다. 그러고 나서 삼인칭으로 쓴 글을 읽었는데, 이인칭 시점이 더 낫다는 걸 깨달았다. 나는 다시 쓰기 시작했고, 일인칭 시점으로 세 번째 초고를 썼다. 그 시점에서 원고는 12만 자 길이였다. 편집자가 그 원고에 없던 몇 가지 사항을 제안했고, 다시 수정한 네 번째 초고는 6만 자 길이였다. (다행히 이때까지도 일인칭 시점이었다!)

그리고 네 번째 초고를 다 썼을 무렵 나는 주요 등장인물과 이야기의 주제는 유지하되 전체적으로 완전히 다른 글로 다시 썼고, 그것이 《버림받은 연인들을 위한 마더 테레사의 충고》가 되었다.

내 초고는 먼저 직감대로 휘갈겨 쓰였다가, 변형되고, 늘어났다가 줄어들고 다시 변형되었다. 재미있는 사실은 초고부터 출판까지 이야기의 90퍼센트가 바뀌었다는 점이다. 게다가 주인공의 행동을 유발하는 순간, 다시 말해 결정적인 사건들도 계속 바뀌었다. 그리고 또 거기에서부터 이야기의 얼개가 길어졌다. 이따금 이 같은 과정은 너무나 힘이 든다.

하지만 글쓰기란 과정이다.

이야기를 어디에서 시작해야 할지 잘 모르겠고, 개요를 쓰는 건 자신과 전혀 맞지 않는 것 같다면, 내가 할 조언은 간단하다. 그냥 써라.

모든 단어가 살아남지 못하리라는 사실을 염두에 두고 써라. 그리고 전체 장면을 '어쩌면 다른 책' 폴더로 옮기는 일도 흔히 일어나며, 또 그것이 필요한 일이라는 사실도 알아둬라. 당신과 당신이 쓰는 이야기는 서로를 점차 알아가는 단계에 있다. 어쩌면 당신은 초고를 두 번째, 혹은 세 번째 고치고 있을지도 모른다. 모두 다 괜찮다. 다 정상이다. 그것 역시 책을 쓰는 과정, 특히 초고를 쓰는 과정에 해당한다.

당신이 플로터라서 개요를 수십 장씩 쓰는 사람이라면, 개요는 단지 지침일 뿐이라는 사실을 알아둬라. 지침은 얼마든지 바뀔 수 있다.

아직 이야기를 어디에서 시작할지 모르는 상황이라면, 15분간 알람을 맞추고, 컴퓨터를 켜고, 다음의 문장을 완성해보라.

오늘 나는 글을 쓰고 싶다. 어떤 글이냐면 _____

    여기에 쓴 것이 원고에 들어갈 단어가 될 수도 있고, 시작 장면일 수도, 아니면 전개 부분이나 클라이맥스 장면일 수도 있고, 당신의 책을 홍보하는 블로그 게시글일 수도 있다. 일단 그냥 써라.

    그리고 즐겁게 써라. 지금 쓰고 있는 단어를 사랑하라. 그 단어들이 식상한 것이라면, 지금까지 함께해준 데 감사를 표하고, 가차 없이 다른 파일로 이동시켜라. 나중에 다시 짜깁기하거나 다른 곳에 넣을 수도 있을 테니.

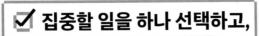

집중할 일을 하나 선택하고,

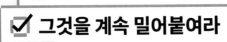

그것을 계속 밀어붙여라

18

"자신의 글쓰기에 대해 걱정하지 않는 시간은 글을 쓰는 시간뿐이다."

_ 데니스 팔룸보Dennis Palumbo

나이 때문인지, 뇌가 작동하는 방식 때문인지, 자기 인식 수준 때문인지는 모르지만, 나는 동시에 여러 가지 일을 못 한다. 그것도 정말 정말 정말 못 한다. 설거지를 하면서 날씨 이야기도 나누지 못할 정도다.

아들이 독립하기 전에 거실에 커다란 책상을 설치한 적이 있다. 아들은 대학생 남자아이들이 하는 모든 일을 거실에서 했기 때문이다. 목표를 달성하기 위해 아들은 컴퓨터에 모니터 세 대를 설치했다. 그중 한 대는 30인치 텔레비전이었다. 그 아이는 세 대의 모니터를 연결해 큰 화면으로 사용하지 않았다. 모니터 한 대는 수업과 관련된 글을 읽고, 한 대는 비디오 게임을 하고, 나머지 한 대는 게

임 방송이나 넷플릭스를 틀어두었다. 나는 미칠 것 같았다. 그렇게 하면 그중 어떤 일에도 집중하기가 어렵다고 누누이 이야기했지만, 그럴 때마다 아들은 나의 느린 두뇌와 자신의 뛰어나고 유능한 신경세포를 비교하지 말라고 주장했다.

그때 나는 내 말을 뒷받침할 과학적 근거가 없었지만, 내 강의와 글쓰기 모임 참가자들에게서 얻은 수많은 경험적 증거를 가지고 있었다. 주의를 기울여야 하는 글쓰기 프로젝트가 하나 이상인 경우, 모든 프로젝트를 하기 힘들어지게 된다는 것 말이다.

이제는 인간이 동시에 여러 가지 일을 할 때 어려움에 직면하게 된다는 과학적 근거도 가지고 있다. 동기부여를 연구하는 과학자들은 이것은 '행동 훼방꾼 behavioural chatter'이라고 부르는데, 한 가지 일에서 다른 일로 넘어가면 어느 일에서도 의미 있는 처리 과정이 일어나지 않는다고 한다. 분명 피하고 싶은 일이다. 이는 우리가 첫 번째 초고를 완성하기 위해 반드시 피해야 할 일이기도 하다.

대개 나의 글쓰기 세상에는(내 머릿속 공간을 말한다) 의뢰받은 프로젝트 하나(기술적 글쓰기, 창의력이 많이 필요치 않다), 소설 원고 하나, 논픽션 원고 하나, 그리고 창의력이 필요한 짧은 기고문 몇 가지가 한 주 동안 내 주의를 끌려고 다투고 있다.

내가 이 프로젝트들을 두 가지 이상 혹은 모두를 동시에 생각할 때, 그중 특정한 어떤 프로젝트가 가장 많이 주의를 끈다거나, 집중이 잘된다거나 혹은 어떤 단어가 튀어나오는 일은 없다. 이를테면 작가 지망생을 위한 책을 쓰기로 하면, 나는 넉 달 동안 이 책 한 권에 온전히 집중한다. 수백 시간 동안 이 책과 관련한 자료 조사를 하고, 1만 5000자의 초고를 쓰는 데 집중한다. 당신이 지금 읽는 이 책을 써낸 유일한 방법은, 다른 프로젝트를 한옆으로 치워두는 것뿐이었다.

여러 가지 프로젝트를 동시에 진행하는 건 무척이나 멋진 일이다. 집중력이 희박해진다는 게 문제지만.

비결은 지금 어떤 프로젝트에 가장 주의를 집중해야 하는지 알아내는 것이다. 주방 선반에서 자기를 구워달라고 애걸하는 밀가루처럼, 자신에게 주목해달라고 아우성치는 일이 무엇인지 알아내야 한다. 다른 친구들을 물리치고 특정 원고 하나를 골라내는 일은 마치 가장 사랑하는 자녀가 누군지 택해야 하는 것만 같은 기분이 들겠지만, 여기에도 간단한 방법이 있다. (지금 당장 집중해야 하는 원고를 고르는 것이지 가장 사랑하는 아이를 고르는 것이 아니다!)

어느 원고(혹은 이야기)에 주의를 기울여야 할지 잘 모르는 경우, 계속 모든 프로젝트들을 동시에 생각하게 될 것이다. 그리고 글을 쓰려고 자리에 앉았을 때, 어떤 프로젝트를 진행할지 궁리하느라 상당한 시간을 소모하게 될 것이다. 일단 한 가지를 결정해도, 여전히 다른 이야기들에 어느 정도는 계속 신경이 쓰일 것이다. 그럼 지금 쓰고 있는 이야기에서 길을 잃게 되고, 그 이야기에 완전히 빠져들기가 어려워진다.

행동 훼방꾼을 없애는 방법, 혹은 줄이는 방법 하나는 모든 원고(혹은 이야기든 아이디어든)를 죽 정리해보는 것이다. 무엇에 대해 쓰고 싶은지, 각각의 프로젝트에 고유한 문자를 할당하고 나서, 그것들 간에 우선순위를 정해보자.

내가 최근 작성한 원고 목록을 예로 들어보겠다.

A. 어떻게든 완성시켜드립니다(5만 자, 방법론)

B. 성, 종교, 정치의 불경한 성찬(10만 자, 창의력이 필요한 논픽션)

C. CBC 콘테스트용 짧은 논픽션 기고문(2500자)

D. 미디엄에 올릴 게시글(500자에서 2000자)

E. 의뢰받은 경제 분야 기고문(2만 5000자)

F. 《워드워크스》에 실릴 짧은 이야기(750자)

G. 여성 소설, 무제(2만 자 정도 씀)

H. 내 이야기의 결말은 무엇일까(10만 자)

I. 무턱대고 써라(크리에이티브 아카데미 강의용)

진행 중인 이 프로젝트들에 우선순위를 매기지 않는다면, 나의 뇌와 내가 엉덩이를 붙이고 앉아서 글쓰기에 집중하기보다는 책상을 박차고 나와서 낮잠이나 한숨 자고 싶어 하리라는 게 딱 보이지 않는가? 이렇게 많은 프로젝트가 내 주의를 두고 다투는 것은 과중한 짐이 된다.

다음 단계는 프로젝트들을 두 개씩 비교하는 것이다. 그래야 엉덩이를 붙이고 앉아서 글을 쓰고, 두 개의 프로젝트 중 현재 시점의 '승자'를 결정할 수 있다. 이 승리는 특정 기간 동안(이를테면 일주일)

혹은 선택한 프로젝트가 완료될 때까지만 유효하다.

자, 나는 A 프로젝트와 B 프로젝트를 비교하고, 지금 둘 중 무엇의 손을 들어주어야 할지 살펴보았다. 이 경우는 결정이 쉬웠는데, 두 프로젝트 모두 자료 조사와 집필 작업이 똑같이 즐거웠지만(창조적인 작업을 하는 경우 내게는 즐거움이 중요하다), A 프로젝트는 마감 기한이 정해져 있었다. B 프로젝트는 외부에서 정한 마감일이 없었으니 당분간 밀려나게 되었다.

C 프로젝트는 마감일이 내가 목록을 작성한 날에서 석 달 뒤였고, 그건 A 프로젝트의 출간 예정일 이후였다. 그러니 선택은 쉬웠다. C 프로젝트는 작업 목록에서 추후의 프로젝트로 안전하게 이동시킬 수 있었다.

이런 식으로 계속 우선순위를 정해나간다. 경악스러운 것은 F 프로젝트였다. 분량은 750자 정도로 짧았지만, 자료 조사를 하고 집필하고 개고를 하는 데는 적어도 여덟 시간이 걸릴 일이었다. 현재 내가 당면한 마감 상황에서는 과도하게 많은 시간이 드는 일이었다. 계간지기 때문에 나는 다음호에 기고문을 송고하기로 결정했다. 나는 죄책감 없이, 번잡하게 마음을 흐트러뜨리는 일 없이, 지금 이 책과 지금 당장 해야 하는 의뢰받은 프로젝트에 중요한 자리를 할애했다.

종이를 꺼내서 당신이 진행할 프로젝트들을 모조리 써라. 외부의 마감일이 존재하는 프로젝트가 있다면, 그 사실 역시 기입하라. 집중할 기간을 정하라. 일주일, 2~3주, 혹은 몇 달이어도 상관없다. 설정한 기간 동안 집중할 프로젝트가 하나(최대 2개)로 결정될 때까지, 두 개씩 짝을 지어 프로젝트들을 비교하라. 고르기가 너무 어렵다면 다음의 기준을 적용해보라. 글쓰기 프로젝트 간의 우선순위를 결정하는 데 도움이 될 것이다.

• 가장 중요한 프로젝트는 무엇인가?
당신에게 합리적인 방식으로 '중요도'를 정하라. 예를 들어 당신이 다음 컨퍼런스에서 출판 에이전트나 편집자에게 당신의 원고를 홍보하고 싶다면, 이것이 집중해야 할 가장 중요한 프로젝트가 될 것이다. 공모전 마감일 또한 '가장 중요한' 프로젝트를 짚어준다.

- 완성이 임박한 프로젝트는 무엇인가?

쓰는 것이 즐겁지는 않지만, 다 써서 치워버릴 수 있는 프로젝트가 존재할 수 있다. 이런 프로젝트를 다 쓰면 새로운 프로젝트를 작업할 공간이 머릿속에 생겨난다. 이를테면 '문법적' 혹은 '전문적인 도움'만 거치면 교정을 보낼 수 있는 프로젝트를 치울 수 있다.

- 가장 쉬운 프로젝트는 무엇인가?

그것을 완료하면, 글을 완성했다는 자신감을 갖고 다음 프로젝트로 넘어갈 수 있게 된다.

- 가장 오래 묵은 프로젝트는 무엇인가?

그 아이디어가 아직도 당신에게 중요한가? 여전히 의미가 있는가? 그 프로젝트를 계속할 것인가? 이따금 오래 끈 프로젝트는 완성하기가 어려울 수 있다.

- 생각만 해도 아침에 벌떡 일어나게 되는 프로젝트는 무엇인가? 일말의 죄책감 없이 행복감이 밀려드는 프로젝트는 무엇인가?

특히 외부의 마감일이 있거나, 책상 앞에 있는 것이 힘든 프로젝트가 아무것도 없다면, 가장 재미있는 프로젝트를 작업하는 것은 글쓰기 습관을 길러줄 좋은 방법이다. 종이 한 장을 놓고, 지금 당장 하고 있지 않은 프로젝트들을 쓰고, 그것을 잘 볼 수 있는 곳에 붙여두어라. 그래야 다른 프로젝트를 선택할 때 검토할 수 있을 것이다. 이 목록이 시간을 절약해줄 것이다. 새로 작성할 필요가 없고, 뇌에게 당분간은 그 프로젝트들을 '잊어도' 된다고 믿게 할 수 있기 때문이다.

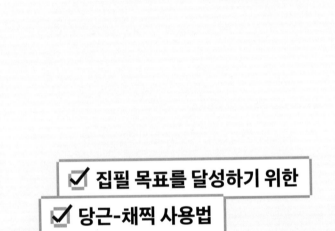

☑ **집필 목표를 달성하기 위한**

☑ **당근-채찍 사용법**

☑ **19**

"결단은 그 자체로 선택이다. 결단력은 행동 방식이지 타고난 성격이 아니다. 결단력은 우리에게 용기를 갖고, 자신감 있는 선택을 하게 해준다. 미루고 후회하는 것이 아니라 시도하고 실패하는 게 더 낫기 때문에 그런 결정을 하는 것이다. 더 대범하고, 더 현명하다. 올바른 과정은 우리가 올바른 선택을 향해 나아가도록 만든다."

_ 댄 히스 & 칩 히스Dan Heath & Chip Heath

두어 해 전쯤 나는 인생의 지표를 얻는 데 새 출발 효과가 도움이 되는지 조사했다. 연구자들은 한 웹사이트를 주목했는데, 목표에 도달했을 때 스스로 좋은 보상을 주기로 약속하는 것이 동기를 계속 유지하는 데 도움이 되지 않음을 아는 사람들을 위해 만들어진 곳이었다. 반대로 이 웹사이트에서는 처벌의 효과를 활용했다.

목표를 달성하는 데 실패한다면, 당신이 돕고 싶지 않은 비영리단체에 돈을 내야 한다. 당신의 얼굴이 찡그려지는 일을 하는 비영리단체를 떠올려보라. 당신은 그곳에 돈을 내야 한다. 다만 당신의 목표를 달성하지 못한 경우에만 돈을 보내게 된다.

깔끔한 아이디어다. 하지만 내 마음에는 와닿지 않는 아이디어이기도 하다. 나는 목표를 달성하지 못한다면, 앱에 간단히 거짓말을 입력하여 내가 목표를 달성했다고 속일 사람이니까. 그러면 내 귀중한 돈을 총기협회에 보내지 않아도 된다.

하지만 여기에 대한 손쉬운 해결책이 있다. 믿을 만한 친구나 코치와 함께하는 것이다.

방법은 다음과 같다. 먼저 수량으로 측정 가능한 목표를 설정한다. 이를테면 하루나 1주일 동안 몇 자의 단어를 쓸지 목표를 세운다. 그리고 믿을 만한 친구에게 목표를 이야기하고, 당신이 쓴 글을 마감 시간에 증거로 제출한다(대강 쓴 글이라도 상관없다. 실제로 독자가 읽는 건 아니기 때문이다). 계속 그렇게 한다.

이때 당신의 믿을 만한 친구는 봉투에 돈을 넣고 당신이 절대로 후원하고 싶지 않은 자선단체의 주소를 적어둔다. 봉투 안에는 나쁜 놈의 손에 들어가는 경우 당신이 진저리치게 겁날 만한 금액의 수표나 현금이 들어 있을 것이다. 50달러 정도의 소액일 수도, 5000달러 정도의 큰돈일 수도 있다. 당신이 타격받을 만한 금액을 적으라.

마감 기한을 지키지 못하면, 당신의 믿을 만한 친구는 엄격한 지침에 따라서 봉투를 우체통에 넣을 것이다.

이것이 당근을 채찍으로 바꾸어 동기를 부여하는 방법이다.

내가 참여하고 있는 '조력집단' 모임에서 모임원들은 이 방법을 다양하게 변형하여 사용하고 있다. A 회원은 출판 에이전시에 연락하겠다는 목표를 달성하지 못하고 있는데, 자기를 가로막는 것은 두려움뿐임을 알고 있었다. 이에 B 회원이 당근과 채찍 두 가지를 조합한 방법을 제안했다.

두 사람이 어떻게 했는지 소개하겠다.

B 회원은 초콜릿을 무척이나 좋아하는데, 초콜릿은 오직 보상으로만 먹는다. 그리고 A 회원이 다섯 곳의 에이전시에 연락을 하면, 성공에 대한 보상으로 B 회원이 초콜릿을 먹기로 한다. 이 일에는 며칠이 걸렸는데, 매일 우리는 B 회원이 보상을 받았는지, A 회원이 두려움을 물리치고 에이전시에 연락해 우리 친구에게 초콜릿을 먹게 해줬는지 물어봤다.

이 실험은 성공했으며, 이후로 다른 두 사람이 반대의 방법을 사용했다. C 회원이 수주일 동안 머리를 싸매고 끙끙대며 목표를 달성할 때까지 D 회원이 자기가 좋아하는 초콜릿을 포기하기로 한 것이다. D 회원은 채찍을 받아들였다. 우리는 좋아하는 사람을 실망시키고 싶어 하지 않는다. 그래서 이 방법은 효과를 발휘했다.

당신이 이러한 종류의 동기와 책임감에서 이득을 얻는 성격이라면, 당신이 글쓰기에 계속 헌신할 이유를 제공할 친구를 찾아서, 당근-채찍의 조합을 사용해보자. 재미있기도 하고 분명 효과를 볼 것이다.

☑ **글이 막혀서 제자리를 맴돌 때**

☑ 20

"글을 쓰려고 앉을 때는 내가 글을 쓸 수 있을지 없을지 알지 못한다. 언제나 그렇다. 글쓰기가 흘러가는 방향은 언제나 놀랍고, 또 도전적이다. 컴퓨터를 켤 때면, 나는 늘 글이 쓰고 싶고 내가 글쟁이가 될 수 있을지 없을지 몰랐던 열일곱 살로 되돌아간다."

_ 도널드 머리

일단 자신에게 어떻게 초고를 쓰게 할지 방법을 정했다면, 이제 단어가 나오지 않는 나날들, 그러니까 단어가 목구멍에 걸려 나오지 않고 끙끙대는 날들이 생겨날 가능성이 높아진다. 감히 말하건대 자신과 자신의 글이 형편없게 느껴지는 날이 많아질 것이다.

바로 작가의 장벽에 가로막히는 것이다. 많은 작가가 작가의 장벽에 가로막혀도 아이디어를 쥐어짜낸다. 이런 작가들은 작가로 하여금 글을 쓰지 못하게 하는 건 앞을 가로막고 선 작가의 장벽이 아니라 방향성 상실에 있다고 말한다.

1980~1990년대, 창조 과정을 연구한 사회학자들은 작가의 장벽을 (진짜 벽처럼) 물리적인 것이 아니라 비유적인 것으로 언급했다.

이들은 그 상태를 '가로막혔다'라고 표현했다. 글을 쓰려고 자리에 앉았지만 글자를 쓸 수 없음을 깨닫는 상황을 표현한 재미있는 비유다. 때로 우리는 이보다 더 최악의 상황에 직면하기도 한다. 바로 스스로 글을 쓰기로 정한 시간이 되었을 때 의자에 앉는 것조차 차일피일 미루면서 변명거리를 수백 개 찾아내는 것이다.

언젠가 어떤 작가가 작가의 장벽을 유령과 마주쳤을 때에 비유한 글을 읽은 적이 있다. 유령을 경험한 사람만이 유령이 존재한다고 믿는다는 말이었다. 그는 작가의 장벽을 믿지 않기로 선택한다. 그리고 작가의 장벽이란 그저 글을 쓰지 않고 있는 작가에게 해당될 뿐이라고 주장한다. 작가의 장벽에 가로막히지 않는 방법은 그냥 키보드에 손을 얹고, 글을 쓰는 것뿐이라고. 말로는 너무 쉽다.

현실은 이와 크게 다르다. 그리고 나는 나의 무능함을 받아들이는, 다른 관점을 생각하고 싶다. 나는 작가의 장벽을 가리키며 "이런, 미안, 이 비유적인 상태가 너무 심해서 도저히 해결할 수가 없어요. 그러니 대신 넷플릭스를 봐도 되겠죠"라고 말하려는 것이 아니다. 오히려 글을 쓰지 않았다면 작가의 장벽도 생겨날 리 없으니, 작가의 장벽이 나타났다는 것을 내가 행동했다는 의미로 받아들여야 한다. 그렇게 하면 보다 더 생산적인 행동, 즉 글쓰기를 할 수 있을 때는 스스로 부정적인 영향을 미치는 행동을 계속할 이유가 없어진다.

몇 가지 면에서 이건 어려운 일이 아니다. 운동화를 신는 일은 누구나 할 수 있는 간단한 행동이다. 하지만 10킬로미터 달리기로 한 단계 더 나아가는 것은 전혀 쉽지 않다. 우리가 장벽(글쓰기든 다른 목표에서든)에 가로막히는 이유를 분명히 알면, 장벽에 가로막히지 않을 방법을 이해하게 되고, 먼 길을 갈 수 있게 된다.

작가의 장벽이 무엇이고, 무엇이 장벽을 촉발하지 설명하기 전에, 여러분이 한 번도 깊게 생각해본 적이 없을 만한 것을 생각해보라고 말하고 싶다. 만약 초고를 쓰다가 막혔다면, 그게 딱 그때 당신과 당신이 쓰는 이야기에 일어나야 하는 일이라는 말이다.

도널드 머리 박사는 1980년대 초에 〈꼭 필요한 미루기: 작가의 장벽은 존재하지 않는다 The Essential Delay: When Writer's Block Isn't〉라는 글을 썼다. 여기에서 그는, 어떤 작가든 글을 쓰기 적절하지 않은 때가 있고, 그때 해야 하는 일은 바로 '생각'이라고 주장한다. 단어가 나오지 않을 때 장벽에 부딪힌 것이 아닐까 하는 걱정을 그만두어야 하며 이 같은 '잠시 멈춤'은 '효율적인 글쓰기로 이어지는, 정상적이고, 꼭 필요하지만, 두려운 지연 행위'라고 그는 말한다.

머리는 위의 글에서 글을 쓰기 전에 작가가 알아야 할, 혹은 느껴야 할 다섯 가지 사항을 언급했다.

- 정보
- 관점
- 체계
- 욕구
- 목소리

이 다섯 가지는 당신이 처한 작가의 장벽이 어떤 것인지 이해하기 위한 기초다. 이것들이 중요한 이유는 자기 자신을 판단해야 할 때, 즉 책상에 앉아서 창밖을 응시해야 하는 순간에 그와 반대로 손가락이 키보드 위를 날듯이 움직이고 있어야 한다고 생각하게 되면, 원고 작업에 장벽을 만드는 뇌의 처리 과정을 촉발시키게 되기 때문이다.

감정적인 뇌 연구소Emotional Brain Institute 소장인 신경과학자 조지프 르두는 뇌과학과 창조적 과정 사이의 연관성을 연구한다. 그의 연구 결과는 작가의 장벽이 극복할 수 없는 것처럼 느껴지는 이유를 알려주는데, 작가들에게 도움이 될 만한 내용이다. 작가의 장벽은 우리 뇌의 세 부분 중 두 부분이 함께 작동하는 방식에 달려 있다.

잠시 생물학적 혹은 신경과학적 내용을 짧게 소개하겠다(시험을 본다는 마음으로 읽어라. 대강 보아 넘기지 마라).

우리 뇌는 크게 뇌줄기, 피질, 편도체(변연계라고도 알려져 있다), 세 영역으로 이루어진다. 일단 우리의 경우 뇌줄기는 건너뛰어도 된다. 작가의 장벽에 반응하는 데 중요한 역할을 하지는 않기 때문이다. 책을 쓰는 일처럼 창조적인 일을 수행하는 역할은 학습 영역인 피질이 담당하고 있다. 하지만 피질이 위험한 낌새를 감지하면, 감정 영역인 편도체가 그 역할을 가지고 간다.

이 같은 적대적 인수합병을 우리는 인식하지 못한다. 사실 슬그머니 구명대원을 자처하는 편도체는 투쟁, 도피, 경직 반응을 유발하는 곳이다. 이 같은 과정은 사실 자발적인 반응 후에 은밀하게 이루어지는데, 피질은 원래 그렇게 행동했던 것처럼 그 일을 설명한다. 우리의 순진한 피질은 카펫 위 거미 모양 먼지, 혹은 모니터의 빈 화면을 보고 뛰쳐나가는 행동을 편도체가 유발한다는 사실을 깨닫지 못한다.

르두는 이 관계를 버스 운전에 비유했다. 피질이 운전석에 앉아서 자기 일을 잘하고 있다. 하지만 뭔가가 예민한 피질을 깜짝 놀라게 해서, 편도체가 피질을 뒤로 밀어내고 운전대를 잡는다. 그러는 동안 피질은 아직도 자신이 운전대를 잡고 있다고 생각하는데, 그 손에 잡힌 운전대는 그저 아기들이 가지고 노는 장난감 운전대와 같은 것이다. 피질이 바쁘게 (장난감) 운전대를 이리저리 돌려보지만, 버스는 그냥 계속 직진할 뿐이다. 대체 무슨 일이람? 피질은 어째서 버스가 자신이 운전하는 방향으로 가지 않는지 이해하지 못한다.

따라서 어떤 상황이 우리의 피질을 운전석에서 몰아내는지를 알아야 한다. 편도체는 우리의 창조적인 과정, 혹은 피질이 작동하는 부분에는 관심이 없기 때문이다. 편도체는 오직 우리의 생존을 유지한다는 동기에서만 움직인다.

이 같은 피질과 편도체 간의 관계는 많은 측면에서 우리의 평범하고 이성적인 자아(내가 대단한 이야기를 할 수 있다는 것을 안다)와 내면의 비평가(내가 책을 쓰는 게 어째서 말도 안 되는지 그 이유를 한 보따리 댈 수 있다) 사이의 관계와 비슷하다.

내면의 비평가(편도체)는 통제광이다. 그의 유일한 임무는 우리 자신에게서 우리를 지키는 것이다. 우리는 10장 '내면의 비평가'에서 한 장을 통째로 할애하여 내면의 비평가의 입을 다물게 하는 방법을 다루었다. 그러니 지금은 편도체가 어째서, 어떻게 작가의 장벽을 만들어내는지 집중하겠다. 그러고 나서 피질에게 통제권을 되돌려주는 방법, 즉 효율적으로 작가의 장벽을 무너뜨리는 방법을 살펴볼 것이다.

우리의 감정적인 뇌는 위협을 감지하면 행동으로 넘어간다. 그 위협은 다리 위로 기어오르는 거미만큼이나 '실질적'인 대상일 수도, 혹은 자기가 쓴 이야기를 세상에 공개했을 때 받을 법한(가능성의 상태) 비판처럼 '인식한' 대상이 될 수도 있다. 우리의 편도체는 변별력이 없다. 불행하게도 이렇게 변별력이 없어서, 우리가 '젠장, 이 글은 엉터리야. 아무도 읽고 싶어 하지 않을 거야'라고 생각만 해도 편도체가 들고 일어나 한자리를 차지하게 된다.

우리의 이성은 초고에 쓴 내용이 출간까지 모두 살아남을 수 없으며, 초고를 수정할 시간이 필요하게 될 테고, 지금 해야 할 유일한 일은 이야기를 끄집어내는 것뿐임을 아주 잘 안다. 초고는 앞으로 우리가 조각하게 될 이야기의 원재료다. 조금 더 비유를 사용하자면 (노동의) 과실은 공기보다는 거름 속에서 더 잘 자라지 않는가.

뇌가 판단을 잘못한 상태일 때 키보드를 끼고 있어 봐야 글을 쓸 수 없다는 말로 해석해도 괜찮다. 다만 이 말이 약탈자가 언젠가 자기 자리를 포기할 거라는 뜻은 아님을 알아둬라. 약탈자를 왕좌에서 끌어내리기 위해서는 몇 가지 전략이 필요하다.

나와 동료 작가들이 책상에 앉아는 있지만 원고에 자양분을 주지

못할 때, 작가의 장벽을 무너뜨리고, 글쓰기로 돌아가는 효율적인
방법을 뒤의 연습 문제에서 소개한다.

• 연습 1 | 숨을 크게 쉬어라

잠시 몇 분간 자리에 앉아서 복근으로 숨을 크게 들이쉬고 내쉬어라. 이 행동이 얼마나 대단한 효과가 있는지는 아무리 강조해도 부족하다. 그냥 폐 꼭대기까지 숨을 가득 채우는 일반적인 호흡으로는 안 된다. 그것은 효과가 없다. 지금 해야 할 일은 길게, 배 속까지 숨을 깊이 들이마시는 것이다. 여러 번 반복하면, 살짝 어지러움이 느껴질 것이다.

나는 매주 목요일 저녁 7시부터 8시 15분까지 규칙적으로 요가를 한다. 내가 하는 요가는 하타 요가인데, 주로 자신의 차크라(기)에 집중하여, 뿌리까지 깊이 호흡하면서, 그 호흡을 느낀다. 요가 후에 기분이 좋아진다는 건 알았지만, 첫 소설로 발전하게 될 원고를 쓰기 시작하자 더욱 분명하게 느껴지는 무언가가 있었다. 바로 내 창조력이 목요일 저녁에 가장 잘 발휘된다는 사실이었다. 요가 수업을 마치고 집으로 돌아올 때 나는 편안하면서도 동시에 에너지가 넘치는 기분을 느꼈다. 무척 놀라운 일이었다. 목요일 저녁에는 글이 술술 나왔다. 다른 날 저녁에는 그렇지 않았다. 당시에는 어째서 그런지 알지 못했지만, 그냥 계속 그렇게 됐다.

지금은 내 뇌의 상태와 저녁 동안의 요가가 편도체를 잠재워주었다는 사실을 이해하고, 어째서 이런 상태가 집필에 전력 질주하게 해주는지도 안다.

꼭 요가 동작을 따라 하라는 말은 아니다. 그렇게 하지 않아도 된다. 그저 글이 막힐 때 호흡에 집중하라. 팟! 하고 떠오르는 생각들 때문에 걱정하지 마라. 그럴 때는 호흡을 하여 집중력을 되돌리면 된다. 당신이 할 일은 뇌의 변연계를 이완시키고, 신체에 산소를 보다 많이 공급하는 것이다. 이것이 마법과 같은 효과를 발휘하여 피질에게로 통제권을 되돌려주고 작가의 장벽을 깨뜨릴 수 있게 할 것이다.

• 연습 2 │ 기대치를 조정하라

조그마한 목표를 설정하는 것이 좋다(물론 예외적인 상황도 있겠지만). 집필 기간마다 1000단어를 쓰겠다는 목표를 설정했는데, 그 목표를 달성하지 못한다면 혹은 목표가 빗나간다면 창조적인 작업에 대한 스트레스가 유발될 것이다. 스트레스는 편도체에게 네가 통제권을 가져도 좋다는 초대장이나 매한가지다. 편도체는 자신의 유일한 임무가 당신의 생존을 지속하는 일이며, 스트레스가 살인적인 요인임을 알고 있기 때문이다.

이 같은 상황에서 피질에게로 통제권을 되돌려주는 방법이 몇 가지 있다. 목표한 단어 수를 줄이는 것이다. 목표 단어 수는 글이 잘 써질 때 산출하는 단어 수보다 훨씬 적게 잡는 게 좋다. 이는 글을 쓰려고 자리에 앉았을 때 보다 더 긍정적인 마음가짐을 갖게 해줄 것이다. 목표를 달성할 수 있으리라는 생각이 들면서, 보다 스트레스를 덜 받게 되고, 그러면 편도체의 행동을 촉발하는 요인이 사라진다. 다시 말해 작가의 장벽이 사라지는 것이다.

혹은 목표를 단어 수가 아니라, 한 장면 혹은 한 번 주고받는 대화 정도를 쓴다든지, 혹은 지금까지 썼던 장을 마무리하는 것으로 정할 수도 있다.

이 같은 아이디어들이 죄다 마음에 차지 않는다면, 일정 시간 동안 책상 앞에 앉아서 엉덩이를 떼지 않고, 다른 무엇에도 귀를 닫고 집필에만 전념하기로 목표를 세울 수도 있다. 단어를 타이핑하는 것이 목표인가? 이것도 멋지다. 눈을 감고 집필 중인 이야기의 한 장면을 상상한다? 굉장히 훌륭하다. 지금까지 쓴 내용을 비판하지 않고 죽 다시 읽어본다? 환상적인 목표다. 이 모든 일이 다 성공이다. 창조적인 과정에서 이 같은 성공 경험은 피질이 올바른 자리를 찾아 들어갈 수 있게 돕는다.

• 연습 3 │ 생산적인 게으름

앞부분에서 우리는 한 장을 할애해 생산적인 게으름뱅이가 되는 일을 다루었다. 이것을 간단하게 실행하는 방법은, 자리에 앉아 글을 쓰기 전에 당신을 이완시켜주는 일을 뇌에 쥐여주는 것이다. 뜨개질을 할 줄 안다면 바늘을 꺼내고, 그림 그리기가 취미라면 색연필을 하나 잡자. 당신이 주방에 있는 것을 좋아한다면, 쿠키를 만들어라.

이런 일이 효과를 발휘하는 이유는, 당신이 좋아하고 능숙한 일을 할 때 편도체가 완화되어 우리 일에 개입하려는 시도를 그만둘 것이기 때문이다. 편도체를 억제하는 활동을 15분만 하면, 작업을 시작했을 때 당신이 통제력을 유지할 수 있게 된다. 너무 큰 기대는 하지 말고 일단 해보라.

• 작가의 장벽에 관한 재미있는 이야기

'작가의 장벽'이라는 말이 어디에서 나왔는지 궁금하지 않은가? 1947년 지그문트 프로이트의 신봉자 중 한 사람인 미국의 정신분석학자 에드먼드 버글러 Edmund Bergler 박사가 만든 말로, 심리적 상태를 지칭한다.

버글러에 따르면, 작가의 장벽이란 정신적 마조히즘의 한 징후로, '자신이 의식적으로 목표한 대상을 좌절시키고 자기건설적인 패배를 즐기기 위한 무의식적인 희망'이다. 버글러에 따르면 작가의 장벽과 한 침대를 쓰는 또 다른 형태의 마조히즘은 바로 도박, 알코올중독, 도벽이다!

나는 정신적 마조히즘이라는 말을 강조하려는 것이 아니라 여러분이 다음번에 작가의 장벽으로 고통스럽다고 말할 때 이 같은 내용을 한번 생각해보라는 뜻이다.

버글러 박사가 무엇 때문에 이런 단어를 만들었는지 궁금하다면 《작가와 정신분석 The Writer and Psychoanalysis》(1950)을 읽어보길 권한다.

☑ 소소한 성공을 축하해야 하는 이유

☑ 21

"두려움, 위험, 고난이 생겨날 수 있다고 여기고 스스로 대비하라."

_ 세스 고딘Seth Godin

출판 에이전시나 출판사에서 수없이 거절당한 끝에 그 원고를 알아봐주는 사람을 만나고, 마침내 베스트셀러가 탄생했다는 이야기를 누구나 한 번쯤 들어보았을 것이다. 성공담 속 주인공(작가나 작품)은 그때그때 다르겠지만, 이와 관련해 가장 유명한 일화는 잭 캔필드의 《영혼을 위한 닭고기 수프》 시리즈일 것이다. 이 시리즈는 출판사에서 긍정적인 답신을 받기까지 144번이나 거절당했지만 현재 250가지 버전이 출간되었으며, 캐나다와 미국에서만 10억 부이상이 팔렸다.

로버트 피어시그는 지금은 고전이 된 《선과 모터사이클 관리술》을 출간하기까지 121번이나 거절을 감내해야 했다. 리사 제노바는

100명도 넘는 출판 에이전트에게 거절당하고 무시당한 끝에 결국 《스틸 앨리스》를 자비로 출판했고, 그 후 한 출판사와 계약이 체결되어 결국 《뉴욕 타임스》 베스트셀러에 40주나 올랐다. 캐스린 스토킷의 《헬프》는 60명의 출판 에이전트에게 거절당했으나 61번째 에이전트 덕분에 수백만 부가 팔린 베스트셀러가 되었으며, 영화로도 만들어져 수많은 영화상을 휩쓸었다.

무엇이 이 작가들을 거절에도 굴하지 않고 에이전시와 출판사의 문을 두드리게 했을까? 아직 초고를 작업 중이라 거절 메모 더미에 묻혀보지 못한 작가로서 당신의 상황에 이것을 어떻게 적용할 수 있을까? (거절 한 번 당했다고 곧바로 독립출판의 세계에 뛰어들 작가는 거의 없을 테니.)

사실 거절을 경험하고도 다시 도전한 작가(지망생)는 모두 조그마한 승리를 거둔 것이다. 자신이 승리했다고 느끼든 거절의 쓰라린 감정을 느끼고 있든(아마 후자일 가능성이 높지 않을까?), 거절을 당한 뒤 다른 편집자나 출판 에이전트에게 원고를 보내는 순간, 이들은 자기 원고가 읽을 만한 가치가 있다는 자신감과 용기를 가지고 행동한 것이다. 때문에 이들은 모두 승리자다.

믿음을 가지기 어려울 때조차 자기 원고를 믿는다는 것은 대단한 승리다. 초고를 쓰고 있는 당신에게는 이 같은 교훈이 필요하다.

자신의 원고를 써나가는 과정에서 당신은 여러 번 실패를 경험하게 될 것이다. 그것은 불가피한 일이다. 목표를 세우고, 실패할 것이다. 단어들이 손가락 끝에서 쏟아져 나올 때는 더없이 시적으로 보이지만, 나중에 다시 읽어보면 전혀 괜찮지가 않다(적어도 지금의 원고와 어울리지 않는다는 걸 깨닫게 된다). 당신은 원고 파일을 지우고, 다시는 그 같은 장면을 쓸 수 없을 거라고 조마조마해하며 며칠을 보낼 것이다. 악의는 없지만 무례한 질문을 하는 사람을 만나게 될 것이다. "너 옛날에 쓰던 책을 아직도 쓰고 있니?" 그러면 당신은 그 말을 한 상대에게 원고를 집어 던지고 싶어질 것이다. 책 한 트럭을 쏟아붓든가! 이런 것들이 실패다.

한편 당신은 승리도 할 것이다. 그것도 수없이. 하루에 3000 단어를 쓰고, 그날을 집필 과정에서의 기념비적인 날로 꼽을 것이다. 절묘한 표현을 쓰고는 마음이 벅차오르고 자신이 기특해질 것이다. 가장 멋지고도 끔찍한 방식으로 주인공인 두 연인을 갈라놓고, 그리하여 그들이 성장하고, 서로에게 돌아가 더욱 강렬하게 결합하는 방법을 알아낼 것이다. 당신을 잠 못 이루게 하는 문제를 해결할 것이다. 한 장면을 완성하고, 다시 한 쪽을, 또 한 장을 차근차근 완성해나갈 것이다.

우리 모두의 문제는 이 같은 성과들이 승리라는 사실을 애써 의식하지 않는다면, 온갖 소음들에 귀 기울이느라 그 승리를 잃게 되리라는 것이다. 우리는 자신의 승리를 폄하하고 스스로 이렇게 말한다. "고작 한 장면을 썼을 뿐인 걸. 이게 무슨 대단한 일이라고. 아직 100개의 장면을 더 써야 하는데!"

하지만 이건 대단한 일이 맞다. 축하해도 될 만한 대단한 일이다. 매번 샴페인을 터뜨릴 정도까진 아닐지라도 인정해줄 만한 행동이다. 그 장면을 쓰지 못했다면 다음 장면도 쓸 수 없기 때문이다. 또 그다음 장면도, 다음 장면도 쓸 수 없다.

소소한 성공을 축하하는 행동에는 과학적 근거가 있다. 뇌는 우리가 잘하지 못한 것들을 기억하는 데 재빠르며, 그 후 우리에게 그 부분에서 '너는 실패자'라고 말한다.

나와 육아의 관계가 좋은 예가 될 것 같다. 아들이 초등학교 2학년일 때 나는 아들의 팔이 부러졌는데 치료도 해주지 않고 학교에 보낸 적이 있다. 전날 친구들과 운동장에서 썰매를 타다가 팔이 부러진 것이었다. 아들은 내게 팔을 다쳤다고 말했는데, 내 눈에는 괜찮아 보였다. 저녁을 먹기 전까지 비디오 게임을 30분이나 했기 때문이다. 그래서 나는 멍 정도나 들었을 거라고 생각했다. 그래서 아이가 잠자리에 들 때 팔에 베개를 괴어주고 넘어갔다. 다음 날 나는 아이에게 방한복을 입히고, 학교까지 함께 걸어서 등교하고 아이를 선생님에게 잘 맡기고 돌아왔다. 그리고 한 시간 후 선생님에게서 전화가 걸려왔다. 그때 선생님의 말투가 비난하는 투였는지, 아니면 당황한 투였는지는 잘 기억나지 않지만 어쨌든 이렇게 말했다. "어머니, 리엄을 병원에 데려가셔야겠어요. 팔이 부러졌던데요." 세상에! 나는 일곱 살짜리 아들의 아픈 팔보다 엄마로서의 자신감에 더 취해 있었던 것이다.

이 사건은 내 육아 인생에서 하나의 이정표가 되었다.

리엄이 열다섯 살 여름방학에 리더십 캠프에 갔을 때, 나는 전화 한 통을 받았다. 아이가 떠난 지 여덟 시간 만이었다. 남편과 나는 오토바이 여행을 가려고 했다. 자존심 강한 십 대들은 부모님과 오토바이 옆에 달린 사이드카 따위는 타지 않을 것이기에 우리도 거의 해본 적 없는 일이었다. 리엄은 깃발 잡기 게임을 하다가 캠프에서 자기보다 큰 친구에게(리엄보다 큰 애는 이 애가 유일했다) 태클을 당했다. 리엄은 땅에 굴렀고 팔꿈치가 꺾여서, 앰뷸런스를 기다리고 있었고(대체 리더십 캠프는 왜 집에서 몇 시간이나 떨어진 외진 곳에서 하는 걸까?), 그날 밤 수술을 받아야 했다.

아들에게 가는 우리의 여정은 몇 시간이 걸렸고(페리선도 탔다), 우리가 도착하자마자 아이가 수술실에서 나왔다. 아이의 팔이 두 번째로 부러진 일은 엄마로서 내게 일종의 승리였다. 처음 팔이 부러졌을 때 내가 대응했던 방식이 '실패'였음을 직면하게 도와주는 승리 말이다. 두 번의 이정표가 아이의 멍과 상처를 담보로 한 부분은 그냥 넘어가자. 나는 아이의 어린 시절에 수없이 못할 짓을 저질렀다. 나도 안다. 하지만 그 사건 중 무엇도 기억에 남기지 않았다. 왜냐하면 그런 일은 육아 과정에서 부모가 으레 겪는 일이기 때문이다.

신경과학적 관점에서 우리는 기분 나쁜 순간들, 우리에게 큰 기쁨을 가져다준 주요 이정표적 사건들을 기억하는 데 능하다. 하지만 조그마한 승리를 중요하게 여기는 데는 형편없다. 책을 쓰고 있을 때는 눈에 띌 만큼 커다란 승리를 경험하는 일이 거의 없다. 때문에 조그마한 승리를 모두 의식적으로 인식해야 한다. 이 같은 조그마한 승리들이 우리가 작가로서 열정을 계속 유지할 수 있게 해주기 때문이다.

"왜 네가 책을 쓸 수 있다고 생각하지? 넌 10년 동안 노력했는데, 그동안 네가 입증한 게 뭐야? 책이라는 건 어디 있어?" 하는 목소리에 힘을 실어주지 마라. 소소한 성공들은 다른 목소리, 다시 말해 내면의 비평가의 목소리에 정당하고 힘 있게 대응할 수 있게 해준다.

새로운 목소리는 이렇게 말할 수 있다. "어머나! 나 너무 끝내주는 개요를 작성했어. 너도 봤지? 주인공이 어떻게 소심한 십 대에서 CEO로 거듭나 자기 제국을 일구었는지 말야! 사업 자금 대출을 거절한 은행 지점장에게 맞서는 장면 읽었어? 내가 1만 단어나 쓴 거 알아? 이제 원고의 15퍼센트는 쓴 셈이라고!"

조그마한 승리들은 우리에게 큰 목표를 향해 계속 나아갈 수 있는 동기를 부여해준다. 다만 작고 소소한 성공이 동기 부여에 효율적이라는 사실을 우리가 인지해야 한다.

테레사 에머빌과 스티븐 크레이머의 《전진의 법칙》에는 이에 대한 과학적 근거가 설명되어 있다. 전진의 법칙이란, 대형 프로젝트를 진행하면서 앞으로 나아가고 있다는 느낌을 자주 경험할수록 우리가 더욱 창조적이고 생산적으로 된다는 것이다. 이 같은 전진 감각을 끌어내는 방법 중 하나는 외적인 격려, 소위 '영양분 Nourisher'이라는 장치를 두는 것이다.

이제 거절 편지(혹은 오늘 내 원고에 흥미가 없는 에이전트로부터 받은 이메일)에 매달리는 일이 얼마나 역효과를 낳는 행위인지 알 것이다. 격려의 편지라고 해도, 부정적인 대답에 매달리고 싶은 사람이 세상에 어디 있겠는가? '당신의 글에는 울림이 있어요, 하지만…'이라거나 '당신의 이야기에는 대단한 잠재력이 있어요, 하지만…' 같은 문장에 매달리는 건 얼마나 공허한가.

내가 55번째 에이전트에게 거절당했을 때(나는 이 이메일을 석 달이나 눈이 빠지게 기다렸는데, 그도 그럴 것이 그가 내게 원고 전체를 요청하고는, 첫 50쪽을 읽어보니 이야기가 너무 괜찮을 것 같다면서 다른 중개인에게는 원고를 보내지 말라고 답신했기 때문이다) '죄송합니다, 하지만…'이라는 이메일을 보고 나는 '죄송하다'는 단어에만 매달리다가…, 아무튼 무척 화가 났다.

하지만 사실 55번째 거절을 당한 일은 기념할 만한 가치가 있는 성공이다. 내가 55번이나 용기를 냈다는 뜻이기 때문이다. 내가 나의 이야기와 주인공들의 여정이 세상에 내놓을 만한 것이라고 믿었다는 의미다.

베아트릭스 포터와 마르셀 프루스트는 출판업자들에게 수없이 거절을 당하고, 자비 출판이라는 개념이 생기기도 전에 자신의 책을 자비로 출판하기로 결심했다. 이들의 독립출판물은 우리 모두가 익히 알고 수백만 명의 독자가 사랑하는 작품이 되었다.

우리의 뇌는 글쓰기가 힘들었던 때, 지금까지 쓴 문장을 쓰레기통에 처박았던 때, 글쓰기로 계획한 시간에 자리에 앉았는데 고작 단어 32개밖에 쓰지 못한 때만을 떠올리게 하고 거짓말을 하는 경향이 있다. 하지만 이 모든 나날을 승리한 날로 기억해야 한다.

글쓰기 습관을 들이기 시작할 때는 자신의 글쓰기 과정에 대해 몇 가지 측면을 추적하면 도움이 된다. 다시 말해 자신만의 패턴을 살펴보라는 말이다. 이를테면 와인 한 잔을 마신 뒤에 글이 가장 잘 써졌다든가, 요가 수업을 들은 뒤, 혹은 동네 카페 밖에 차를 세워 두고 앉아서 쓸 때 가장 잘 써진다든가 말이다.

표를 하나 만들어보자.

- 1열에는 날짜를 기입한다.
- 2열에는 원고를 쓰느라 앉아 있는 시간을 기록한다.
- 3열에는 원고 작업을 중단한 시간을 기록한다. (시간)

- 4열에는 작업한 단어 수를 기록한다. (원고의 양)
- 5열에는 글쓰기가 얼마나 재미있었는지 판단하는 기준을 세우고, 이를 사용한다. 이를테면 1점에서 3점까지 점수를 매겼을 때, 1점은 쉽고 재미있다, 2점은 도전적이었다, 3점은 이를 악물었다 등으로 할 수 있다 (즐거움).
- 6열에는 앞서 만든 기준표를 이용하여, 자신이 쓴 단어가 얼마나 마음에 드는지 질적으로 측정한다. 만일 150개의 단어를 썼는데, 그 문단(혹은 문장)이 너무나 마음에 든다면, 만점을 줄 수 있다. 이때 자신이 초고를 작성 중이며, 그 원고가 완전히 다듬어지지 않았음을 반드시 기억하라(원고의 질).
- 7열은 추가로 작성하는 부분인데, 초고를 너무 엄격하게 판단하곤 하는 우리에게 교훈을 줄 것이다. 며칠 혹은 몇 주 후에, 6열에서 점수를 준 장면을 다시 한번 읽어보라. '별로'라고 평가한 그 장면이 사실 썩 괜찮다는 점을 알게 될 것이다.

이 표를 이용하면, 자신의 작업을 조그마한 승리로 쉽고 간단하게 인식할 수 있을 것이다.

매번 글쓰기로 예정한 시간이 끝날 때마다 30초 정도를 할애하여 이 도표의 빈칸을 채우고, 소소하게 성공한 부분에 좋아하는 색깔로 칠하라. 당신이 추적 중인 측면에서 한 가지나 두 가지 혹은 네 가지 모두에서 승리할 수 있게 될 것이다.

이를테면 여주인공과 악당 사이의 대화를 쓰는 작업이 즐거웠다면, 관련된 칸(즐거움에 관한 측면)에 표시를 하고, 집필하는 시간이 즐거웠다고 스스로에게 긍정적인 신호를 줄 수 있다.

이전보다 훨씬 더 집중하여 글을 썼다면, 양적 측면을 기록하는 칸에 표시를 하고, 자신이 글 쓰는 속도가 더 빨라졌음을 알 수 있을 것이다. 이전에 가장 잘 썼던 날보다 더 잘 쓰는 날이 생긴다면, 빈칸에 표시가 되는 날이 점점 더 많아지고, 이런 날들이 반복될 것이다. 작가의 근육도 탄탄해질 것이다.

15분 동안 자리에 앉아서 글을 쓰려는데 실제로는 30분 동안 글을 썼다면, 시간을 표시하는 칸에 이 이야기를 쓰는 데 얼마나 집중했는지 스스로에게 칭찬하는 글을 써라.

그러고 나서 친구에게 이 일을 이야기하라. 이때 당신이 얼마나 잘해내고 있는지, 당신이 얼마나 대견하게 집필에 매진하고 있는지, 당신이 얼마나 멋진 사람인지를 격려할 수 있는 친구를 골라라.

날짜	집필 시간	끝낸 시간	원고량	즐거움	원고의 질	재평가
01월 04일	2시간	오후 11시 45분	3페이지	3점	6점	10점

이 책을 읽으면서 여러분은 스스로 전략적으로 동기를 북돋고, 원고를 완성하는 과학적인 방법을 최소 20가지는 배웠을 것이다. 이 아이디어 중 하나라도 당신의 마음에 와닿는 것이 있다면, 내일도 글을 쓰기 위해 오늘 필요한 동기를 당신에게 부여해주는 것이 있다면, 승리한 것이다. 몇 가지 아이디어가 여러분에게 과거의 비효율적인 집필 방식을 인지하고 한옆에 치우게 했다면, 그리하여 내일, 모레, 글피, 매일매일 느리지만 꾸준히 초고를 써 내려가게 했다면, 나는 더없이 기쁠 것이다.

이 책은 앤 라모트에 대한 헌정서다. 당신의 초고를 긍정적으로 묘사할 자신만의 특별한 단어를 만들라(특별한 단어가 뭐냐고? 1장을 보시길).

낙관주의는 처음으로 글을 쓰기 시작한 작가의 목소리이자, 창작 과정의 자신감 있는 동료다. 당신은 그것이 개화하여, 당신의 원고 전체의 자양분이 되게 할 것이다. 낙관주의는 당신과 당신의 _____한 초고 사이의 시금석이 될 것이다.

혹은 당신에게 처음으로 강력한 동기를 부여해주는 내면의 목소리가 말을 걸어왔다는 것을 깨닫는 데에 이 책의 5장이 도움이 되었다면 다음과 같지 않을까.

낙관주의는 처음으로 글을 쓰기 시작한 작가의 목소리이자, 창작 과정의 자신감 있는 동료다. 나는 그것이 개화하여, 내 원고 전체의 자양분이 되게 할 것이다. 낙관주의는 나와 내 _____한 초고 사이의 시금석이 될 것이다.

이 책에서 여러분이 가져가야 할 가장 중요한 내용은 당신이 초고를 완성하는 데 필요한 모든 것은 이미 당신 안에 존재한다는 사실이다. 그것들은 처음 책을 쓰기로 한 날부터 그 자리에 존재했다. 그리고 아직도 존재하고 있다. 당신은 그저 그것을 알아보고, 믿기만 하면 된다.

이 책이 당신에게 도움이 되었길 바란다.

감사의 글

2016년 사랑하는 친구 니콜이 내가 자신의 집에서 'DIY 작가들의 피난회'를 주최하게 해주지 않았더라면, 이 책은 쓰이지 못했을 것이다. 단 세 명만 참석했지만, 그 주말 동안 우리가 무작위로 쏟아낸 아이디어와 에너지는 '크리에이티브 아카데미'를 만드는 원천이 되었다.

이 책에서 내가 전달한 수많은 아이디어를 콘퍼런스에서 시험하게 해준 콘퍼런스 주최자들에게 큰 빚을 졌다. 물론 함께해주고, 내게 피드백을 주고, 수많은 실제 적용 사례들을 제공해준 참가자들 모두에게도 감사를 드린다.

나를 코치로서 믿어준 작가들, 자신의 사적인 이야기를 글로 쓰는 것을 두려워하고 힘들어하면서 나를 찾아오고, 초고를 완성하고, 그것을 세상에 내보이고 출간한 작가들 모두가 내가 계속 배워 나가고 용기를 가지고 글을 쓰고 출간하게 영감을 주었다. 내 원고의 최초 독자인 엘리사, 마리, 드니즈, 레나, 나타샤, 그리고 게이, 너희들의 세세한 관심과 정직한 피드백은, 내가 최종 개고 과정을 정말로 즐겁게 작업하고, 더 나은 원고로 만들게 해주었어. 그대들 모두에게 별점 5점을!(이 시리즈의 다음 책에도 그대들이 대기하고 있다고 생각해도 되지?)

힘들 때도 참석해서 함께 작업을 진행하고, 서로 성공을 축하해주고, 퇴보했다고 하소연하며 서로를(그리고 나를) 지탱해준 크리에이티브 아카데미의 회원들, 그대들 모두가 내가 아침에 일어나는 이유가 되어주었다고 말하고 싶다.

그리고 마지막으로 아일린 쿡과 크리스털 헌트에게 깊은 사랑을 보낸다. 당신들의 흔들림 없는 격려와 마법 같은 지지가 아니었더라면, 이 책은 아직 쓰레기 같은 초고 단계에 머물러 있을 것이다. 글을 쓰는 모든 이가 아일린과 크리스털 같은 동료를 찾게 되길 바란다.

어떻게든 완성시켜드립니다

초판 1쇄 인쇄 2022년 12월 16일
초판 1쇄 발행 2023년 1월 4일

지은이 도나 바커
옮긴이 이한이
펴낸이 이승현

출판2 본부장 박태근
지적인 독자 팀장 송두나
편집 박은경
디자인 김준영

펴낸곳 ㈜위즈덤하우스   **출판등록** 2000년 5월 23일 제13-1071호
주소 서울특별시 마포구 양화로 19 합정오피스빌딩 17층
전화 02) 2179-5600   **홈페이지** www.wisdomhouse.co.kr

ISBN 979-11-6812-566-7 03800